生活在别处，别处就在 ——

姑娘寨

马原 著

南方出版传媒

花城出版社

中国·广州

图书在版编目（ＣＩＰ）数据

姑娘寨 / 马原著. —— 广州：花城出版社，2018.6（2021.7重印）
ISBN 978-7-5360-8652-4

Ⅰ. ①姑… Ⅱ. ①马… Ⅲ. ①长篇小说－中国－当代
Ⅳ. ①I247.5

中国版本图书馆CIP数据核字(2018)第072025号

出 版 人：肖延兵
策划编辑：朱燕玲
责任编辑：陈宾杰　钟毓斐
技术编辑：薛伟民　凌春梅
封面设计：柑橘设计

书　　名	姑娘寨	
	GU NIANG ZHAI	
出版发行	花城出版社	
	（广州市环市东路水荫路 11 号）	
经　　销	全国新华书店	
印　　刷	北京一鑫印务有限责任公司	
	（北京市顺义区北务镇政府西 200 米）	
开　　本	880 毫米×1230 毫米　32 开	
印　　张	7.125　1 插页	
字　　数	145,000 字	
版　　次	2018 年 6 月第 1 版　2021 年 7 月第 2 次印刷	
定　　价	35.00 元	

如发现印装质量问题，请直接与印刷厂联系调换。
购书热线：020－37604658　37602954
花城出版社网站：http://www.fcph.com.cn

目录

第一章

姑娘寨的帕亚马

一

2011年的2月9日我第一次走进姑娘寨。之所以特别清晰地记得这个日子，是因为那张票根被我一不小心钉在那所废弃的小学校操场边的有三个人合抱那么粗的大青树上。那是一张民用航空的登机牌，上面的信息极其详尽，除了我的名字还有航班号码；还有候机大厅的登机口；还有座位号码；还有起飞城市至目的地城市，上海至西双版纳；当然也还有航班的年月日并时分，2011年2月8日21时47分。因为是次日一大早就上山，所以我特别清晰地记住了这一天。

没错，姑娘寨就是在山上，大山之上。

头一天接我和第二天送我们上山的那个人，我们叫他虚公。明眼人马上就知道我不是一个人，一个人不会自称我们。我们至少是说有两个人，就是两个人，另一个是默默。默默是老友，虚公是默默的朋友。

车出了景洪一路向西。景洪的西边是高墙一般气象森严的大山，一派苍翠的绿色。虚公告诉我们，西双版纳机场在景洪城西南，过了机场的那个说不上热闹的小镇叫嘎洒，见到那个矗立着高大广告牌的绿植转盘算是到了嘎洒，环绕转盘半圈右转后就已经出了嘎洒，继续一路朝着西面巍峨的大山，那是我们今天的去向。

我问虚公："为什么这个叫嘎洒的镇子这么小？"

虚公说："不小啊。"

我说："如果一个镇子只有一个转盘的宽度，不管怎么说它都算不上一个不小的镇子。"

"嘎洒向南向北都有差不多一公里，就这么一条主街。北面要宽一些，也有几条岔路和集市，包括居民区和规模不大的商业区。"

"这里是不是已经离开景洪了？刚才那个六公里路碑是说距离景洪六公里是吗？"

"应该是吧。西双版纳机场也叫嘎洒机场，机场位于四公里路碑，其实机场跟景洪已经连成一片了。所以我们习惯上把嘎洒看作是景洪的边缘。"

虚公的车不错，斯巴鲁SUV。虚公的大儿子是职业赛车手，并且在一部时尚影片中扮演过一个重要的角色，儿子是虚公的骄傲，车是儿子孝敬老爸的礼物。老爸来了到处是大山的西双版纳，一辆四轮驱动的日系SUV应该是一份再好不过的礼物。

默默说先是虚公发现了西双版纳，说他跟着虚公过来随后发现了曼弄枫。默默在曼弄枫一个野趣十足的小区里一次就买了六套小户型公寓，一年之后房子涨价，马上卖了四套，不但收回了本钱，还赚出了另外两套房子的装修钱。默默从来就是个投资大师。

我昨晚住的就是默默的另一套房。默默昨晚说今天山上有一个饭局，是在一个叫姑娘寨的哈尼族山村。他还说那座大山叫南糯山，是普洱茶核心产地。

我说我就一直不知道普洱茶有什么好，泡出来像药汤。默默说妙处都在药汤里。默默和我是糖友（糖尿病战友），糖友之间共有许多话题，诸如饮食抑糖，诸如运动消糖。喝普洱茶是默默新近染上的嗜好，理由当然是于糖尿病有益。

南糯山，姑娘寨，听来不错。

山上有饭局，饭局一定有烧烤，冬瓜猪是西双版纳的知名美味。我是百分百的食肉动物，也是百分之七十的食猪肉动物，各地各种各样美味的猪肉都是我的最爱。冬瓜猪，听起来就不错。

冬瓜猪加上姑娘寨再加上南糯山，当真不错。说心里话，默默说的普洱茶并没有勾起我多大兴趣，我根本没料到这种如药汤一样的茶品会在我日后的生命中充当了一个举足轻重的角色。没料到，根本不可能料到。我差不多已经活过了一辈子（我的一辈子的概念等同于一甲子，六十年，我其时已经五十八），茶在我的一辈子里从来可有可无。冬瓜猪不错，茶则可以有也可以没有。

或者你也可以说我是冲着冬瓜猪上南糯山的，绝不是因为普洱茶。尽管南糯山是因了普洱茶而名满天下的，但是与茶缘分太浅的我绝不会为了茶劳动筋骨。当然冬瓜猪就另当别论了。

过了嘎洒转盘，沿笔直的214国道一路向西，目的地是南糯山的姑娘寨。

a

帕亚马说他叫帕亚马。

在互相做自我介绍之前，在第一眼看到他的那一刻，我首先联想到的就是马。非常奇怪，人头马本来是舶来品，属于西方的神话系统；而这里是真正意义上的东方，是南亚腹地。幽深静谧的原始森林中，忽然出现了一个像马的人，一个让你瞬时便联想到人头马的真人，活人。而且他告诉你他就是马，一匹叫帕亚的马。帕亚马。

这匹叫帕亚的马还有一个不同寻常的地方，他的腰间居然有一缕青烟，烟缕随着他身体的晃动呈一种曲线的升腾状态。我无论如何也想不出为什么会是这样子，除了腰间之下那两片肥硕的叶子，他几乎是裸体的，一个腰间冒着青烟的裸体。

我不说你也知道，帕亚马有一张长脸，也就是民间常说的马脸。通常长着马脸的人，目光中天然就带着清澈和温柔，我猜这也许与马是食草动物有关。所有吃草的，目光都清澈也都温柔。草是植物，是绿色的，绿色天然就清澈，不管是透明的绿色还是不透明的绿色。且植物的绿色部分天然就柔软，而柔软永远暗示着温柔的本性。帕亚马既清澈又温柔。

然而他又是一匹真正意义的悍马。他有着像施瓦辛格一样的泛着油光的大面积肌肉群的躯干，极其强壮健硕。他的四肢颀长，且棱角分明，上粗下细的身体比例不仅让人联想到力量，同时会联想到速度。他是我见到的最强壮

姑娘寨

也最剽悍的傻尼人。

他和他们不同。他们和我们一样，穿衣服，穿当下人们穿的那些式样的衣服，或者在节假日穿上哈尼人那种有着精美绣图和缀满银饰的黑布服装。

他不一样，帕亚马不一样，与他的傻尼人的族群不一样，他根本没穿衣服，他只是在腰间系一根皮绳，两片肥硕柔软的不知是什么植物的巨大的叶子分别被牢牢拴在身前和身后，挡住了人们的视线。就像传说中的亚当、夏娃他们。那缕青烟正是从身前那片大叶子的叶脉根部神秘地游动出来的。

他手里的弓很小，或者说跟他的大块头相比，那张弓的确小得不成比例。我很难想象那张小弓能射杀任何哺乳动物，比如竹鼠和野兔。估计射小鸟是没问题的，大雁、鹳或者鹤这一类大鸟它应该就无能为力了。他的装束，他的弓，和他脚下已经倒毙的野猪，都表明了他的身份是一个猎人。

我说："帕亚马，需要帮忙吗？"

帕亚马摇头："我在想，也许你需要帮忙。你一个外地人，进了我们这样的老林子，也许你有什么事需要朋友。"

我说："我是说那头猪那么大，你一个人要把它弄下山去，怕是不太容易。林子里又没有路。"

那头猪当真很大，以我的目测应该有一百多公斤。它的嘴巴比我们常见的猪差不多要长一倍，两根有七八寸长的上翘的獠牙告诉我它是野猪，很大的野猪。

他说："我没问题，猪没问题，没路也没问题。"

我问他是哪个寨子的，是姑娘寨的吗。他说姑娘寨是以后的事。他的话我没懂。他说这里下去一点就是以后的姑娘寨。他越说我越不懂了。

我于是问他，他腰上的烟是怎么回事。火种。那是他们保存火种的方式。懂了，火种需要随时带在身上。显然他不习惯带打火机或者火柴这一类东西，火种应该就是他的打火机，是他的火柴。

我一米八四，他比我略高。我体重九十公斤，估计他比我要重至少十公斤的样子。我在我这个年龄有的只是比较松弛的肉身，即便如此我的力量也还是比普通身量的年轻人要大。可是我与帕亚马不可以同日而语。用当下的话说，他是个百分百的肌肉男，即使与变形金刚之类的科幻巨人相比也不落下风。

尽管那头倒毙的已经完全没了气息的野猪的肩胛骨上方深插着一支竹杆箭镞，我还是认定野猪是死于他的巨掌而非弓箭。

他说傻尼人的规矩是见者有份。他一边说着，一边动手将野猪的一条后腿攥牢，猛地用力，一下便将整个后腿撕开拉断，随即将猪腿擎到我眼前。

帕亚马说："你有口福，后腿肉最香了！"

我完全猝不及防，能做的只有坚决推辞。这礼物太重了！我说的不只是价值，也包括分量。我猜它应该有七八公斤。他的神力让我领教了，我猜即使是施瓦辛格本人降临，也绝非帕亚马的对手。

我说："不行，绝对不行，无功不受禄。"

他说："你说的我不懂，我说的你懂。我们傻尼人的

姑
娘
寨

规矩，见者有份，该是你的就是你的。"

我说："你打猎我没有出力，不出力的人不能够分享猎物。再说了，我没你那么大力气，我这个年龄的人拿不动那么大一条腿，而且还要下山。"

他说："你急着下山，有事吗？"

我说："没事。上了山总归要下山啊。"

他说："我没事从不下山。"

我说："你住在山上吗？"

"山上是我的家，我还能住哪？"

"你是说你在这大山上有自己的房子？"

他怔了一下："我的房子在树上。"

"树上？你说的是树屋？"

"树屋是什么？"

"就是树上的房子啊。"

"那就是树屋吧。"

我忽然来了灵感。我懂了他为什么问我下山有事吗，问我没事为什么还要下山。我的灵感是一个奇思妙想，或许我可以不下山，或许我可以到他的房子去寄宿一个晚上。他的造在树上的房子。

二

默默山上的朋友艾扎是个茶人，他在南糯山上有自己的茶厂。按照当地的说法，这种家庭作坊式的小茶厂也叫普洱茶初制所。

艾扎不是土生土长的姑娘寨人。严格地说他甚至算不上是姑娘寨人，因为他的小茶厂所在的位置已经出了竜巴门。竜巴门是哈尼村寨的寨门。每个哈尼村寨都坐落在山上，上山的路上会有一个竜巴门，继续向上出了寨子会有第二个竜巴门，住在两个竜巴门之间的才是严格意义上的寨中人。

艾扎茶厂在竜巴门外，但是离竜巴门也不过百多步的样子。而另外几个方向的别的寨子，最近的也有至少三公里。所以虽然不在竜巴门之内，说艾扎茶厂也只能说它在姑娘寨。

艾扎说他不是本地人，是从红河的弥勒县迁过来的。他说红河的哈尼人和版纳这边的僾尼人同属哈尼族，是两个不同的分支，无论是历史还是习俗也包括宗教信仰方式，都不太一样。

我问："你们那里也是以做茶为主要生计吗？"

他说："红河的哈尼人只有一部分弄茶，不像这里的僾尼人，几乎全部以茶为生。我的老家也是。"

默默说："艾扎的茶也跟南糯山本地的茶不一样，艾扎做红茶。"

虚公说："严格地说，南糯山是经典普洱茶产区，所说的普洱茶其实就是当地产的生茶。生茶的制作工艺比较原始，也不发酵。红茶是发酵茶，在工艺上与普洱茶有本质不同。"

我说："虚公怎么说得这么专业？"

默默说："虚公开过茶庄，弄茶有二十年了。可以说是中国诗歌界最懂茶的行家。"

虚公说："岂敢。在艾扎面前说我懂茶，不是班门弄斧吗？"

我说："艾扎，你的红茶是你们家乡的技术吗？"

"技术是凤庆那边的，凤庆是滇红茶的发祥地。我喜欢南糯山，七年前第一次上山就不想走，最终留下来买了片茶园，做了这个小茶厂。我当时的想法，要做茶，但是不能做普洱茶，我做不过当地人，他们祖祖辈辈做的都是普洱茶，就琢磨着做起了红茶。我请了一个凤庆的老师傅，他在我厂里三年多。"

"又写小说又做茶，你可算得上身怀两手绝技了。你是怎么想到做自己的品牌的？"

艾扎说："还不是默默的点子。"

默默说："这里的茶人，家家户户都做茶，可是没人愿意花一笔钱去注册，没有商标没有品牌。你的茶再好，可是没有官方的通行证，等于是没有售卖的许可。所以这里的宝贝大部分卖的是青叶，等于是把上好的茶都只是做原料卖掉了。"

虚公说："茶好茶不好，关键在产地。世界上最好的三个茶产地，是阿里山、武夷山和南糯山，几乎都在同一个纬度上。台湾阿里山和福建武夷山的茶都卖出了天价，只有南糯山的茶还在卖白菜价。核心问题还是出在加工和深加工上，茶的附加值，工艺是关键，一流的工艺必定会出精品。金骏眉是最好的例子。"

默默说："所以我建议艾扎花钱去做品牌，把附加值做上去。"

艾扎说："默默这家伙通神，他让我注册品牌，又让我在包装上多下功夫，结果去年还是前几年那些产量，销

第一章 姑娘寨的帕亚马

售收入却翻了两番。"

默默说："艾扎这小子说了，每年二十公斤上好的春茶孝敬我。我的要求是必须带全套包装。散茶一公斤六七百元，上了包装至少多卖一倍。"

虚公说："艾扎的茶都是小包装，一泡一袋。一泡是七克，二十公斤两万克将近三千袋。艾扎，平均每一袋的包装成本是多少？"

艾扎说："一袋五分钱，一公斤大概六元一毛五。加上外面的三层包装每公斤约七元，共十三元左右。"

虚公说："到底还是默默神，二十公斤额外赚了艾扎二百六十元，可是自己拿到这些茶的价值就增加了……二七一十四，一万四千元！"

默默说："刚夸过你是诗界的第一茶人，马上就露怯了。一万四是二十公斤有品牌带包装茶的总价值，增加的部分不过区区七千元而已。"

我说："有钱人说话就是气粗，七千只是区区，还而已。"

冬瓜猪果然是香。冬瓜猪以黑色为主，突出的特征是小，成猪大多在七十公斤以内。艾扎说普通养猪场里出栏的成猪都在一百五十公斤以上。

艾扎他们养了二十几头，居然没有个头一般大的。据艾扎说，他们每个月都要买进一头纯种的冬瓜猪崽，这样每个月就都可以有一头成猪出栏。每月杀一头冬瓜猪是艾扎茶厂的独创。

当下是做茶的淡季，艾扎茶厂常驻的只有两个傣族工人，岩叫擅长的是烤肉，烧烤是傣族的长项。看起来个头不大的冬瓜猪很肥，烧烤的时候瘦肉也能烤得冒油，嗞嗞作响，嚼起来真是香得没话说。

默默、虚公都是酒中仙，艾扎也是，只有我对再好的酒都提不起兴致。酒是寨子里哥布家的，是自烤的苞谷酒，纯粮无勾兑，八元一公斤。据说比八百元半公斤的那些名酒也毫不逊色。

夜里十点。虚公说该走了。他的小儿子在景洪家里，虽然有朋友帮着照看，他还是必得赶回去。默默也说手里有稿子要改，明早要发给刊物。

艾扎再三挽留未果，只好为客人放行。

在上车前的那一刻，我决定留下来不走。

艾扎茶厂有两幢住人的木楼。据艾扎说这种木楼都属傣式经典的吊脚楼，通常都是两层，上面住人，下面堆柴垛或者养猪养鸡鸭。据说僾尼人的木楼都是傣族建的，只不过僾尼人在楼下做茶。

两口倾斜的大锅是必不可少的。做普洱茶第一道工序便是炒茶。第二道是揉捻，过去全靠手工，现在有了电动揉捻机。揉捻之后是晾阴，晾阴需要很大的空间，所以楼下整体铺的是硬质地面，铺上竹席摊开揉捻过的茶青。最后一道工序是晒，高山上无比热烈的阳光施展魔法为普洱茶的完成画上句号，让毛茶在沸水之下漾出妙不可言的馨香来。

我之所以留下，是想体会住木楼的感受。

茶厂的工人住下面一幢，艾扎住上面另一幢。我是艾扎的客人，自然与主人住同一幢。

艾扎说夜里很凉，一定要盖棉被，还说别小看了海拔差异。位于澜沧江畔的景洪海拔仅五百多米，到了姑娘寨已经上升到一千六百米。

前一天我在景洪还感慨热带到底与上海不一样，晚上根本不用盖被子。这里离景洪不过三十公里，居然盖一床中被还觉得有几分凉意。当然还有另外的原因，木楼的四壁都是木板，而且房子没有天花板，抬头便是梁檩和瓦片，四面八方都透风，不凉才怪。

艾扎的楼上有三间房，当中是火塘。僾尼人的火塘终年不熄，做饭和烧水多半在火塘上完成，晚上家里人也都围坐在火塘四周，喝茶聊天。我住的房间在艾扎对面，当中隔着火塘。

艾扎说："南糯山最有意思的还是原始森林。山上大部分都开辟做了茶园，留下来的原始森林已经不是很多。你要是有兴趣，可以到老林子里转转。"

熄灯以后我才开始了住木楼的感受。

说四面八方都透风有点言过其实，即便有风也相当微弱。依我的经验，户外的风力也绝对只在三级以内。风也有风的好处，因为我平生第一次体会到风声的美妙。我说的是细风摇动竹叶的声音，沙沙沙，沙沙沙，不绝如缕，彻夜未息。

b

我告诉帕亚马，我不下山了。帕亚马就说我可以住在他那儿。我问他是不是方便。他说方便。

我怕他不明白我的意思，便挑明了说，如果他有老婆孩子在，或者他只有一间房，那就是我说的不方便。因为我想到的是他住树上，树屋一定不会大，我想不出他会为自己的家建两间树屋。

不出我所料，他是一个人，没老婆孩子在身边。第二个还是不出我所料，他只有一间屋。他不认为两个人住有什么不方便，我不知道该怎么解释。其实回想起来，出门在外两个男人住同一间宾馆客房的情形并不鲜见，也没觉得有什么特别的不妥。毕竟此时的状况有些特别，两个陌生的男人，在一片人迹罕至的原始森林当中。

其实我的担忧是完全没有必要的。他说没什么不方便，是因为他将木屋给我一个人住。夜里是他的狩猎时间，他要走很远的路去巡视位于好几个山头又同属于他的陷阱。如果有了猎物，他要把它们先放血然后弄回来，之后还要剥皮和卸肉。这些事足够他忙到天亮了，他大多数时间昼伏夜出，白天才是他睡觉的时间。

说这些话的时候天色还早，帕亚马正跪在火塘边上，大口大口地吹气，将随身带着的火种点燃。他要炖野猪肉。一条猪腿已经被卸开入锅并且加上了水。

我很想知道火种在他腰间是如何被安置的，我无论如何想不出他是怎么解决隔热问题的，他就不怕被烫着吗？

敞口铁锅内肉汤翻滚，不断将肉沫推到锅的周围。帕亚马一直拿着一个大大的勺子往外撇肉沫。我看得很清楚，汤锅里除了带骨头的野猪肉，唯一的作料是一把野生的青花椒外加一把盐巴。

我问他为什么说姑娘寨是以后的事。他的回答倒也简单，就是以后的事。

我问他，他的女人在哪里，有没有孩子。他问哪个女人。我似乎明白了，他一定不止一个女人，看来他并没有和哪一个女人在一起。我于是自作聪明，认定即使有孩子，他也一定不知道孩子是他的还是别人的。我很奇怪现在还会有他这样的人，看他的装束，或者跟他聊天，你会觉得他更像一个原始人。

我当然是自作聪明。

问到父母亲的时候我相当吃惊。他居然是巫师的儿子！他有三个兄弟和两个姐妹，他们六个孩子都是同一个母亲同一个父亲，也就是说他来自一个完整的一夫一妻制家庭。

我学过一点人类发展史，知道一夫一妻制度意味着什么。而且我也知道巫师在许多较小的族群当中至高无上的地位。巫师是智者，巫师与生俱来的使命一是为族人指点迷津，一是引领大家涉难过险抗病救灾渡生赴死。同时我还知道，许多巫师是世袭，是父传子。也就是说，巫师的儿子有可能也是巫师。

依照这样一套逻辑，帕亚马完全可能成为一个巫师。就是说他是一个智者的坯子，一个可能成为智者的人会是一个原始人吗？我开始怀疑自己的智商，莫非是我的观察和判断出了问题？

帕亚马给我沏泡的是野茶，野茶树上采下来的芽叶。相比之下野茶要苦涩很多，而且在连续喝过多个回合之后，肚子开始叽里咕噜地叫起来，声音之大连我自己也有点给吓着了。我自小就认为被别人听到肚子叫是很丢脸的事情，肚子叫就是在告诉别人你饿了。

我看看手表，四点钟刚过，离惯常的吃饭时间（七点）还有两三个小时。我的生物钟一向很准，一定是临近或者过了吃饭时间，肚子才会以这种发声的方式提出抗议。

特别丢脸的是，帕亚马居然听到了我的肚子叫。

"这里的茶，力道特别大，是吧？饿了吧？"

"就是。说饿就饿了。可能也是野猪肉给逗的，肉味太香啦，肚子里的馋虫给逗出来了。"

与其尴尬地候着，还不如主动自我解嘲。

肚子饿了，肉香就显得格外浓烈。眼见着锅里的肉慢慢与骨头脱离，以我的经验，差不多可以吃了。许多经验都是通的，原来这也是帕亚马他们的经验。他把肉和汤盛在了陶碗里递给我，也为自己盛上一碗。他好像变戏法一样把两手扣在一起，右手忽然一翻，就有两个木勺躺在了掌心。我明白这就是他的汤勺了。

木汤勺明显是用刀子削出来的，虽然说不上精致，却也称手而且实用，个头比我们个人用的汤勺大一点，又比众人共用的大汤勺小一点。

平心而论，野猪肉绝不比艾扎的冬瓜猪好吃。肉质比较柴，纤维更粗更松，嚼碎下咽时有渣，所以口感欠佳。我每吃下一口便喝一勺汤，目的是让下咽更顺畅一点。我有咽喉敏感的毛病。

我说："汤好喝。"

说实话，汤是不是好喝我根本没特别留意。我有一点没话找话。我吃现成的，总觉得只是埋头吃喝有些不仗义；也在给自己一味喝汤找点理由，并且希望主人听了会开心。

这些都是我们这些自以为聪明的人的小心机。有时我恨自己如此心思缜密、如此周全。

相比之下帕亚马的吃相反而更平和也更从容不迫。这是他日常生活的一幕，以猎物为食物，如此而已。没有谁会对自己每天的例行作为有敏感反应。我之所以特别关切他的吃相，还是因为自己一直没能真正地放松下来，对我而言毕竟这是个太过特别的境况。虽然内心里也许没什么惧怕，但紧张是一定的，其结果便是我的目光一刻也不离开帕亚马。我甚至很欣赏他在吃东西时候的那份淡然。

我发誓没有任何异常的声音出现。可是他的表情忽然有了180度的变化，像狼犬突然听到异响那样，他骤然停止咀嚼，凝神谛听有一秒钟之久，然后将手里的陶碗轻轻放下，转身，蹑手蹑脚向前走进密林当中。

他一定是听见了什么我没听见的声音。趁着他离开的当口，我捧着手里的陶碗深深含一大口汤水，用力漱一漱口，再将浑浊的汤水吐掉。之后又用茶水再漱一次，这才觉得清爽了许多。方才的野猪肉野猪汤令我口鼻浑浊不堪，似乎视听都受了阻碍。两次漱口之后，我觉得耳清目明。我于是听到了那个声音。

我的第一印象，那也是令帕亚马突然警觉的声音。但我马上意识到不对，因为我此刻已经辨别出那个声音是帕亚马发出来的。

尽管帕亚马的离开只是瞬间的事，距离不会很长，但是那声音却显得悠远，而且还带着些许凄厉，一种悠远的凄厉。这种声音令我似曾相识，是什么呢？对了，有点像来自远处的救火车的警笛声。那种声音有一种特别的带有环绕效果的气场，带着精准的节奏，重复，再重复，再重复……幻觉来了，周围渐渐腾起了窸窸窣窣的声音。

一些快速移动的暗暗的影子在眼前闪动，映衬在时而腾起火焰的篝火之上。暗影越聚越多，呈上下翻飞的姿态，那种动势居然令我觉到了某种舞曲的节奏，一种前所未见的无声的音乐在奏响。篝火成了竖琴，火苗的跳荡俨然是一首有着切分音效果的圆舞曲，无边的暗影则成了围绕着火焰翩翩起舞的精灵。

想象一下吧，巨屏之中，一场盛况空前的舞会，成百成千的舞者在同一曲乐音的引领下舞蹈。一只看不见的手按下了静音键，但是一众舞者却浑然不觉，仿佛乐音在继续，舞者以舞蹈继续着只有音乐才有的跳荡的节奏和变幻。这是何等奇妙啊，盛大的然而没有音乐的林间舞会。

有一会儿我的灵魂出窍了，我以为那些团状的暗影是规模庞大的蝙蝠群，那种忽上忽下忽左忽右的飞翔有着它们独有的节奏，也许那正是切分音效果的缘由，没有鹰和燕的那种直线运动，有的只是随意而任性且连绵不绝的折线。突然的折线切割出美妙的半音。

接下来发生的事情更加不可思议。

刚才那些混沌一片的暗影，虽然飞翔的姿态依旧，但是每一个个体的面目却逐渐清晰起来。

也许是扇动的速度太快，我完全分不清它们有没有翅膀。但是我看清了它们的颜色，它们是乌云的颜色，白中带着深重的灰，在跳荡的火光中忽明忽暗。最不可思议的，我居然看到了它们的脸。那一张张小脸上的五官竟格外清晰。

现在我可以肯定了，它们绝不是蝙蝠。蝙蝠有着人类非常熟悉的老鼠的脸。那个叫湾格花原的男孩只要看到蝙蝠就会大叫"会飞的老鼠"。

而它们的脸看上去更像是精巧的滇金丝猴。

篝火起劲地噼里啪啦地炸响，火苗也像有某种推力般地一蹿一蹿。正是火焰的节奏犹如音乐那样跃动，才吸引来那些无法计数的云朵一般的精灵。随着烧红的木炭的一次小小的崩落，火苗再跳闪了一下，骤然熄灭了，只留下大堆暗红的木炭昭示着它的能量的继续。

精灵们如来时一样突然，倏然就去了，林间霎时回复了原有的静谧，一场奇异的没有声音的音乐盛宴就此谢幕。

刚才无论帕亚马和我如何卖力，那一铁锅野猪肉仍然剩了大半，而且依旧在锅中翻滚。明火的消退并未让热力减损，可见的变化则是肉和骨头分离得更加彻底。隐约中我重新有了食欲，我回想起经常在电视节目中看到汤锅翻滚的镜头。我钦佩摄影师的卓绝发现。肉和骨在滚沸的汤水中忽隐忽现，那是人类心目中无尽的美好，可以激发出妙不可言的想象和激动。

我动手给自己又舀了满陶碗的脱骨野猪肉。先前的那种不佳的口感似乎全然不见了，夹一大块带骨的猪肉入口，轻轻嘬两下便将骨头剔出吐掉，再大开大合咀嚼上几个回合，之后愉快地咽下，煞是痛快。一块，又一块。可谓大快朵颐。

不知不觉中我已经忽略了帕亚马的存在。或者可以说，先前我那么在乎的他的一举一动忽然都失去了意义，我不再关心他的离开，当然更不关心他去了哪儿去做什么，甚或什么时候才归来。

三

艾扎他们养了两匹马，身量不高，也算不上粗壮，是那种结结实实的本地马。他与我一人骑一匹，他说他做我的向导。吃过那个叫岩光的傣族工人做的冬瓜猪肉米线，我们就上路了。

这会儿我心里已经另有了主意，我不想让人陪。但我知道，我这会儿不能拂逆艾扎作为主人的美意。我想的是，原始森林里一定无法走马。我去过海南的原始热带雨林，这里与海南岛的纬度相近，估计情形差不了许多。原始热带雨林里多是树与竹共生，其间缠绕着无尽无休的藤类植物。进入雨林后，即使步行也要手脚并用，去清除沿途的种种阻碍，最好是有一柄柴刀开路。到了原始森林之后我就有了最好的借口，让艾扎和马回去。

我已经到了完全没有惊喜的年龄，年轻人喜欢说的那句"太阳每天总是新的"早已不再。每每意识到这一点，我的心里便被沮丧所充满。

没有惊喜，至少还会有意外吧。意外也成了期待。所以我不要人陪，不要人在我耳边喋喋不休。

我按照事先预想好的，在森林边缘遣回了艾扎。

c

炖肉吃肉都是在帕亚马的树屋下不远处。

我没有料到他会不回来。他是在吃肉的当口突然离开的，我以为一点耽搁之后他会继续他的晚餐，结果他一去不复返。在又一次大吃大嚼之后，在苦等了很长一段时间之后，我终于意识到他今晚不会回来了。我猜也许他已经去开始今晚的狩猎计划。因为一直有所期待，所以我对他的不辞而别有几分不满。以我的想法，他无论如何该打一下招呼再走，人之常情嘛。

当然我不在乎剩下我一个人，我其实很喜欢这种身处未知的境况。天已经黑透了，篝火的光亮也相当暗淡了，能够帮助我辨明这个世界的轮廓的也只剩了遥远而又微弱的星光。

我抬头看看头顶上大约四五米高处的树屋。以我的目测，它有三米多见方的面积，睡一个人或者两个人应该很宽敞。我又检查了一下，那棵大树至少有两人合抱那么粗，或者更粗。上下树屋的木梯很原始，是一根笔直的大腿粗细的原木，被牢牢地固定在大树树干的一侧。一段一段的短横木同样被牢牢固定在原木上，成为攀爬的阶梯。那结构很像一个丰收的"丰"字，只不过不是三横而是很多横。我尝试着向上爬了五六级，横木被固定得非常结实。

这会儿我还不想进树屋躺下，我觉得还有些准备要做。比如为篝火添柴便是其中的一项。另一项是清理一下肠胃解大手。最后一项是手提一根近一米的木棒，在周围

姑娘寨

巡视一圈。

这棵树的树冠非常大，树冠之下几乎见不到别的树，超出了树冠的范围才有那些密密匝匝的叫不出名字的各种植物，包括藤、树，或者竹。也就是说，树冠的外围都是树林。

我在心里把树冠之下的范围视为自己的领地，以外的树林则视为异己。我忽然觉得很好笑，我像一只老虎一样在自己的领地示威逡巡，一头五十八岁的老虎。说真话，那一刻我没有一丝一毫的恐惧，就像老虎即使再老也不会有恐惧一样。这么想着的时候，心里忽然就释然了。我脚步沉重地完成了整整一圈的巡视，然后一步一步走向帕亚马的木梯，手脚并用，从容而自信地爬上了他的木屋。

木屋里出乎意料地整洁。有竹席铺在一角，席上靠墙有一段长短高矮都合适做枕头的木头，明显经过了认真的打磨，不但光滑，而且中间部分有微微的下凹，非常适合头枕。我意外地发现房子里居然有两个高低不一的木搁架，其中小一点也矮一点的木搁架上居然模模糊糊显出一个雕像的轮廓。我凑到近前，伸出手去抚摸，那当真是一尊木雕的人像。你能够想象得出，雕像的造型并不精细，如非洲木雕那种有着强烈表现主义风格又很写意的方式。

是帕亚马他们的偶像吗？

我终于还是躺下来。我曾经试图找一下可以当作被子的东西，可是我失败了。我还记得在艾扎的木楼里那床又柔软又温暖的棉被，我有点怀念它。不过好在我穿了全套的冲锋衣，即使没被子也应该不会很冷。平心而论，那个打磨得很光滑的木枕相当惬意，脖颈与头的连接处刚好与

第一章　姑娘寨的帕亚马

木枕的曲线贴合，非常舒服。

　　稳妥地躺下之后，眼睛慢慢适应了树屋里幽暗的环境。房子的结构相当结实，框架部分都是像爬梯那么粗的原木组成的，所有接合的部分都用藤条捆扎紧实。脚下头顶连同四壁都由厚竹条编织而成，牢固而有弹性。

　　屋内有大约两米高，刚好可以让像帕亚马和我这样的大个子男人松松快快地直起腰身。门口在上来方向的右侧，以我们惯常的标准显得有点窄，将将容得下一个人的进出。门的正对面是一个同样宽窄的窗口，门口没有门，窗口也没有窗，门窗只是这个矩形人造箱子的两个对称又大小不一的洞口而已。

　　一个人在深夜，在大山上的原始森林里，在这样一个人工编织的如笼子一样的树屋中，大睁着眼睛独自发呆，我相信普天之下就再没有一个人能够想象这是怎样的情形，怎样的心情。

　　这是我在南糯山的第二个夜晚了。

　　第一个夜晚已经与我几十年里熟悉的情境大相径庭了，当时的感受同样是前所未有的。我说不好那算不算惊喜，我不记得我当时有喜悦的心情，但是很受用，非常受用。至少有一点我记得很清楚，就是我暗自庆幸没跟虚公和默默他们回景洪。虽然那只是一个极短的瞬间，却被我记住了。

　　今晚又不同了，而且是极大的不同。我相信在有生之年我都不会忘了今晚。

　　就在几日之前，我在微信上看到一个小视频，是关于一只受伤的猎豹的。猎豹被什么硬物给割伤了，美丽的豹

姑
娘
寨

皮给豁开了一条长长的口子，血肉外翻，让人看了非常揪心。豹子的眼神透出了忧伤。它一下一下舔舐着自己的伤口。镜头移开，原来它的对手正是一头野猪。野猪也受伤了，已经奄奄一息，但是它一侧的獠牙被污血染得几近黑色。正是这獠牙重创了猎豹。

我的思绪于是转向了篝火上沸腾的铁锅，我仿佛看到了向上的蒸汽正托住了一朵不大不小的乌云，云朵的正中还是那一张精致的有如金丝猴一样的小脸，我猜那一定就是被帕亚马杀死的那头野猪的魂魄。从身量上看，它比那个重创了猎豹的同类要大，可以想象，它一定比它更加凶悍。

真是有趣，那个有着悍马一样身材和马脸的帕亚马，不知怎么就变成了猎豹。不变的只是那双眼睛，又清澈又温柔。无论怎么变，那还是一双马的眼睛。

回想到那个小视频，我这才意识到帕亚马随时随地身处于危险之中。我见到他的那一刻，他已经杀死了那头野猪。其实那一刻还有别的可能，就是相反，被杀死的是他而不是野猪，这并非完全不可能。如果连捕杀机器猎豹都可以被重创，又有什么是完全不可能的呢？我为帕亚马感到庆幸。

我又知道帕亚马不是今天逃过了一劫。如果说这一劫是初一，那么十五便会是他的下一个劫。不，没那么大的间隔，半个月太奢侈了！白天刚刚遭遇野猪，又连夜去涉险，他的每一个陷阱都可能会是他的一个劫。他根本不知道陷阱里是不是有猎物，或者有什么猎物，是一头熊，一只花豹，还是黄羊或鹿？狩猎是他的生计，是他的生活，是他的命，他命该如此。没人能够计算这个劫与下一个劫的周期，也许他连续十天二十天一无所获，也许一天里有不止一个猎物撞上他的箭镞、闯进他的陷阱。

在这一刻我才意识到，满载而归虽然是一个猎手的幸运，但同时也是他的一个劫，大劫小劫只能听天由命。写了几十年小说，我深知人称是可以变换的，而且经常可以逆转。比如刚刚说的都是他，如果把他换成我，情形又会是怎样呢？

南糯山地处边陲，我此刻又在大山之上。回到刚才的设问，回到当下的处境，被担心的那个人完全可能是我，谁能保证这样的一个夜晚不会就是我的劫呢？如果天亮的时候我安然无恙，像每天一样从睡梦里醒来爬下树屋；刚好帕亚马正扛着一只已经被缚住四蹄的黄羊回来，我不知道是我该为他庆幸，还是帕亚马为我庆幸。

走进原始森林的时候，我期待的是意外。而这一刻我仰面朝天躺在树屋里，期待的却是不要出任何意外，期待太阳像以往所有的日子那样如期从东方的地平线爬上来。我觉得这个晚上是无法入睡了。

其实不睡也没什么不好，就像这长长的一辈子的每一天一样，多睡几个小时这一天就少活了几个小时，少睡甚至没睡，这一天的生命就多了几个小时的充实的内容。我不能够设想以后的日子里还会有这样的机遇，即使有，我也不愿意让如此宝贵的时间在睡眠中悄悄溜走。

我以为自己没有睡意，倦意却悄悄地袭来，在不知不觉中将我整个人笼盖了。我不记得我的眼睛是合上的还是睁开的，有一点可以肯定，我的意识已经慢慢进入麻痹状态。尽管即将发生的和已经发生的一切我都知道，但我没有精力做出任何反应,听任一切按着它自身的次序发生和发展。

比如那两只公猴的到来。它们在我的窗口窃窃私语,还一再朝窗子里探头探脑,似乎在窥探我的什么隐私。我以一动不动与它们对峙,似乎在与它们比耐心。结果是我比它们更有耐心,所以在悄声细语地商量了一番对策之后,它们撤了。我猜,一定是我让它们觉得无趣,我是一个不好玩的人,于是它们丢下一句话就离开了。懒得理你。

比如那只长尾巴松鼠用两只前爪抱紧一颗已经剥去了毛刺壳的野板栗,小心翼翼地从门口进来。它马上发现房里多了个不速之客,它知道我不是帕亚马。它在最短的时间里做出判断,尽管不是帕亚马,这个陌生客也不是会给它带来危险的人。这个房子原本是它的食物储藏间,它在房子的另一个角落里已经收集了两颗核桃、七颗松果和五颗野板栗。它知道这里的主人是帕亚马,帕亚马也早就认可了它来这里储藏它的那些美味,认可了它这个邻居和临时的房客。我堂而皇之地睡在这里,也就意味着我是帕亚马的朋友;既然是帕亚马的朋友,也一定会与它这个帕亚马的邻居和平相处。这个长尾巴松鼠真是个聪明的小家伙。

再比如,不,不能再比如下去,因为这一次我必得做出反应,我必得从麻痹中走出来,因为这一次来的是帕亚马。没错,是帕亚马回来了。天还没亮呢。

d

天哪，帕亚马浑身是血！

我的第一反应是他被猛兽袭击了。这正是瞌睡之前我的一份担忧。没有谁可以永远战无不胜，即使是像马一样强壮的帕亚马也不可以。

事实是他刚刚遭遇了一场战争。战争这个词是帕亚马自己说出来的，我不懂为什么他会说到这样一个标示着人类集体行为的词汇。我想起了大概二十年以前，有一本小说的标题是《一个人的战争》，作家为了搏眼球可以耸人听闻一下。小说没读过，但我想象那个战争的含义不会超过战斗这个词的意味。然而帕亚马说的一点不含糊，战争，就是战争。（当时我完全没想到的是帕亚马自始至终都在说普通话。而依我的观察，他的生活里几乎没有汉人，没有汉人的社会，甚至可能连他的同族傈尼人也少之又少。那么他的普通话又是怎么回事呢？）

我说："和谁的战争呢？"

他说："和岩英雄。我们打了七十年了。"

我的眼球差一点从眼眶里掉出来。

我不得不问："打住。我想问一下，你几岁？"

帕亚马说："六百三十五岁。"

"六百是什么意思？"

我想问的是，他说的六百也许不是数字，是别的。说他三十五岁，我没有疑问，我猜他的年龄在三十至四十之间。

他伸出满是血污的两手，我马上断定他是左撇子，

姑娘寨

因为他先用左手示意。拇指一伸，"一百"，食指一伸，"二百"，中指一伸，"三百"，无名指一伸，"四百"，小指一伸，"五百"；然后是右手，小指一伸，"六百"。

他明明确确告诉我，他的年龄是六百，三十，五。妈妈的，用不了多久，他就追上彭祖了！

我说："那么岩英雄又是谁？"

"对手啊。我们七十年里一直是对手。"

"他是傣族吧？我听说傣族的男人都姓岩，是吗？"

"应该是吧。我和他从来没说过这个。"

"我看你流了不少血，要紧吗？快包扎一下吧。"

"没事的，流了血可以再生出来。我知道没有大伤，不然也就回不来了。"

他有自己的草药。云南是草药的故乡，有中国品种最多最齐全的药用植物系统。这里的各个民族都有自己的草药传统，这个我早有耳闻。

他的伤不可谓不重。大臂，小臂，肩膀，胸膛，都有刀口。最长的一处在左肩头，有一支烟那么长。有趣的是，那么宽阔的背部竟没有一处刀伤。

依照他的吩咐，我将一种草叶的汁水挤压出来，滴在他的伤口处。我猜效果大概相当于酒精或者碘伏，估计是消毒的作用。肩头的刀口不算深，按照我的经验，可以缝合以便于愈合，同时也会让疤痕不太显眼。可是这里根本没有缝合伤口的材料和条件。

我把我的担忧告诉他，他似乎不明白我的意思。

经过仔细检查之后，我可以断定他正如自己所说的，没有大伤。无大伤便无大碍。我喜欢他的说法，流了血可以再生出来，这才是男人该说的话。

我说："可是为什么呢？你们的战争因为什么？"

他说："他们太坏了！"

"怎么坏？"

"到坟山砍树。"

"坟山是什么？"

"我们的坟山。祖先安息的地方。"

我懂了，他说的是墓地，是他族人的墓地。我知道僾尼人实行土葬。砍伐墓地中的林木，无论如何都是严重的冒犯。在地球上的任何种族之间，类似的冒犯都是不可原谅也不能容忍的。他说是战争，那就是战争，一个种族对另一个种族，年复一年，绵延数十年之久。

我还是奇怪："他是一个人吗，这个岩英雄？"

"他有他的族人。他还有他的田鼠，他的牛，他的羊，他的鸡，他的狗，他们的一切。"

"你一个人面对他们全体？"

"我不是一个人。我们也是全体。"

我的头一下大了，莫非他说的是一场全方位的战争？人对人，畜对畜，兽对兽？不对，山上的僾尼人很少养家禽家畜，但是山上的兽肯定比山下的要多。或许对垒的双方并非同类对同类，或许这原本就是一场全面对垒的混战，人与兽与畜搅成一团乱麻。

我知道西双版纳这里最大的民族是傣族。傣族多半世居在坝子里（小块的平原地区），以农耕为主。其他民族多半散居在山上，如拉祜族、布朗族、佤族、傈僳族，其中以哈尼族人数为最多，农耕只是他们生计的辅助，收入来源主要是茶。这种格局是历史遗存。

我说："你说他们砍树是七十年前的事吗？"

帕亚马说："他们一直都在砍。他们仗着人多。"

"你是说他们明明知道那是你们祖先的树，可是他们仗着人多每年都来砍？"

"也不是。砍树都是偷着砍，谁也不会明目张胆去冒犯别人的祖先。可是总有人会偷着砍树。"

"你是说七十年之前你和岩英雄结下的梁子，可是这些年里偷着砍树的并不是岩英雄？"

"不是他。可是他会为他们出头。"

"就像你，你会为你们出头一样？"

这一次我终于说对了。

我于是再接再厉："那今晚呢？"

"白天我发现祖宗树被人砍了。"

"祖宗树？"

"坟山上最大最古老的那棵树。树太大了，砍树的没办法一下子把树弄下山。我猜他们会晚上动手，就在方便下山的半路下了兽夹。"

"兽夹？捕野兽的夹子？"

"其实无论什么野兽它都捕不到，它们眼尖，还有好使的鼻子。除非它们逃命，逃命的时候会不小心。用它对付人比对付野兽更有效。"

"可是你怎么知道夹住了人呢？我没听到什么特别的声音。你在吃东西，你听到什么了？"

"不是听到。我知道兽夹被碰到了。给兽夹咬住了就一定有一条腿断了，它会把骨头咬断。"

"于是你知道有人在动手弄你们的祖宗树下山，你就过去了是吗？"

"谁也别想！谁动了祖宗树，谁就得死。"

"是你说的岩英雄吗？"

"岩英雄早不在了。"

"死了？"

帕亚马摇头："已经有几年没见到他人了。"

我追问："可你还是说岩英雄是对手。"

"一朝是对手，就永远是对手。"

"他有几年不露面，他已经不是你的对手了。砍祖宗树的一定另有其人，那个人才是你现在的对手。"

帕亚马依旧摇头："这个你不懂。而且也没有一个人站出来代替岩英雄。他们不是孬种，没人站出来是因为没新的头领。如果有了，他一定会站出来。"

"今晚他们来了多少人？"

"不少。人都在林子里，天也黑，看不清有多少人。祖宗树那么大，人少了弄不动。他们还有狗。"

"今晚你这边只有你一个？"

"没别的族人。可是我有祖先帮忙，坟山里有那么多祖先，他们不会不管我。"

"狗很多吗？"

"不少。我只听到它们叫得很凶，是祖先他们追那些狗。那些家伙只会乱叫，一打就跑掉了。不好对付的还是那些人。"

"你们的坟山很远吧。"

"很远，要翻过两道山梁。"

"怪不得，我在这边一点听不到狗吠声。你看到有人腿被夹断了吗？"

他摇头："他们会把受伤的人先抬下去。"

我犹豫了一下，最终还是开口了。

"他们，我是想问，他们有人，死，死了吗？"

其实我想问的是，他是不是杀死了对手中的某个人或某几个人。但是这种话问不出口，所以就变成了这种支离破碎的问题。

他说："我不清楚。我知道的是有人倒下了，而且倒下的不止一个。活着还是死了，看他自己的命吧。砍祖宗树的人该死，要把祖宗树偷走的人该死。为了保护祖宗树，我们的人会死，也许死的人当中有我，都是命。人扛不过命。"

我说："我的家乡也有差不多的话，人拗不过命。命中注定的事情，谁也没有办法。"

天下的理是一样的。

我又说："我知道，他们被你打败了，被你赶下山了。尽管你是一个人。"

"你怎么知道？"

"你是一直向前的。如果你被他们打败，逃跑的人会是你，你的背上一定会有伤。可是你没有。"

打从回来以后，他第一次露出笑意。

他说："他们败了，逃跑的是他们。"

四

我其实很担心我会找不到回艾扎茶厂的路。是我多虑了。上山的路也许不止一条，上山的时候那些岔路会让你犹豫不决。可是到了山上你会发现，多条路最终会重新交汇到一起。下山的路也是同样的道理。

来时和艾扎一起骑马，我记得很清楚是一路上山，沿途全是茶林。也就是说，原始森林是在茶林之上。所以要走出原始森林最好的方法是向下，尽量往山下去，一定会走出森林进入茶林。而茶林里总会有路，向下的路就一定会通到艾扎的茶厂，通向姑娘寨。

正是这样的信念将我带回茶厂。

上来的时候因为充满期待，所以感觉不到时间和距离。可是下山不同，发现自己已经深入到原始森林中很远很高的地方。而且从原始森林边缘到茶厂的位置，也是一段很长的路，起码有三公里多。我没走冤枉路。

我离开的时候帕亚马在睡。我是热了野猪肉吃饱喝足之后才上路的，到茶厂已经过了中午饭的时间。

头一天早上我把手机放在随身的小挎包里，把小挎包留在茶厂我住的房里。因为前一天我已经尝试过，山上完全没有信号，手机无异于一块废铁。

无法联络让艾扎担心了。

他说："我昨晚带上岩叫岩光，在你进林子的地方等了你好久。我们三个扯着嗓子喊你，直到天黑了下了雨才死了心回来。"

我笑了："死了心，你当我死了？"

姑
娘
寨

他说："是死了找到你的心。夜里在大山上找一个人，比在海里找一根针也差不多。我心里很纠结，不知道该怎么向默默他们交代。好在我这里手机没信号，默默找不到我，我也有不给他电话的借口。这样也给了我等你和再去找你的时间。你再不回来，我们又要出发去找你了。"

我说："有剩饭吗？"

"菜和饭都给你留着。饿坏了吧。"

"没想到我去了那么远的地方。昨晚吃的野猪肉，吃得饱饱的。今早动身以前又吃了一顿，可是这会儿已经饿得前心贴后背了。"

"你什么时候出门的？"

"天亮没多久就动身了。"

"那么远，你走到哪儿去了？"

"我怎么知道。在林子里根本就看不到十步以外。走到哪儿了，在什么位置，一概稀里糊涂。我心里就一个主意，下山，下山就能出老林子，就能见到茶园，就一定能找到你茶厂。"

艾扎端上了一直热在锅里的菜肴。我马上开始了大吃大嚼。

艾扎说："你真是神了，进了深山老林居然有野猪肉吃。是烧烤还是清炖？"

"清炖。"

艾扎说："上面的那一大片林子没有一户人家，你不想说说是谁炖了野猪肉请你吃吗？"

他的问话让我迟疑了。如果他不问，也许我会主动问他，问话的人该是我，我有一肚子的问题。

　　都是傻尼人，可是我怎么觉得帕亚马和艾扎根本就是不同时代的人呢？如果我如实告诉艾扎关于帕亚马的一切，艾扎会信吗？我自己的回答是否定的。他一定以为我在编瞎话，我是职业小说家，编瞎话，也就是们平时所说的虚构和杜撰，是职业小说家吃饭的手艺。那样的话，我还要实话实说吗？毕竟艾扎只是新朋友，我不想让新朋友在认识之初就认定，我是个编瞎话的家伙。

　　我于是说："说吃野猪肉是不是很吊你的胃口？"

　　艾扎长长呼出一口气："我就知道你在编瞎话。"

第二章

老祭司遭遇小巫师

一

废墟在通往石头新寨的路上。谁也不好界定这片废墟属于哪个寨子，是中寨还是石头新寨。

废墟当中住着的那个人是什么时候住进来的，中寨的人说不清，石头新寨的人也说不清。根据两个寨子里的人回忆，他来了有一些年了。打从见到他的时候，他给人们的印象就是又脏又黏的长头发连同蓬乱的胡子。他不与寨子里的人往来，所以没人知道他叫什么，多大年纪，是从哪里来的。

南糯山一路上来，右手方向一直有一条幽深的沟壑。这是南糯山的主沟，也就是说整个南糯山的降水都要汇集到它这里，最终注入流沙河。说它是主沟名副其实，它很深，非常之深。

沟的两侧各有一个寨子，就是刚刚说到的中寨和石头新寨。两个寨子隔沟相望，相距不过几百米，中间却没有一条可以相通的一脚之路。从中寨到石头新寨要绕很远的路，至少四五公里。所以这两个寨子刚好应上了"鸡犬之声相闻，老死不相往来"这句古话。

左手方向的大山是南糯山的主脉，所以在中寨之上还有半坡老寨、多依寨和垭口老寨、新寨。右手方向当然就是南糯山的支脉了，在石头新寨之上翻过梁子，只有一个小小的仅几户人家的拔玛寨。

废墟位于主沟的两侧，居于中间偏上的位置。

主沟再向上，一直到沟的尽头大约三公里处，则是历史悠远的石头老寨。说它历史悠远，石头老寨的竜巴门可以做证。门上的刻字清晰地告诉人们：（寨子）始于1644年。

据寨子里最老的别样吾讲，他很小的时候寨子里来了几个外人，有两个还是黄头发，说一种他听不懂的话。他们在山上转了好多天，最后选定了地方。

别样吾的年龄连他自己也不记得了。从儿孙的年龄去估算，他应该有八九十岁。问他很小的时候是几岁，他说不是一岁就是两岁。

没人相信他会记得一两岁时候的事情。

选定的那个地方就是现在的废墟。那些人很快就在那个地方建了房子，是用石头和红砖建的。那是寨子里的人最早见到的砖房。这之前的僾尼人住的都是干栏式木楼。

这样的房子他们一盖就是一大片，有的高有的低，杂乱地分布在沟两侧的坡地上。盖那些房子的时候，那两个黄头发的人一直都在，而且一直在工地上指手画脚。他们的话他不懂，汉人的话他懂一些，所以他知道那两个人说的也不是汉人的话。

就按他说的，那是他一两岁时候的事，倒推八九十年应该是二十世纪三十年代前后。

他说那些房子很奇怪，他们从来没见过那样的房子，

姑
娘
寨

他们不懂那些外人打算拿这些房子派什么用场。后来发现也没什么神秘，他们不过是用来做茶。

做茶是僾尼先人祖祖辈辈都在做的事情。他们不明白的是，为什么要造这些奇奇怪怪的房子。做茶就做茶呗，在那样的房子里做出来的茶很了不起吗？

外人叫僾尼人做茶的地方为初制所，叫自己做茶的地方为茶厂。他们会把自己的茶用热气压成坨或压成饼，然后把茶坨茶饼用纸包起来，看起来很不一样。

那时候他们人很多，那里很热闹。他们用钱收购僾尼人的茶青，山上的一大半茶青都被他们收去了。他们做茶的方式也与僾尼人不一样。僾尼人做茶只是一个人两个人而已，他们是很多人排成一排两排三排，很多人同时炒制，很多人同时揉捻，很多人同时晾晒。他们一季要做很多很多茶，用汽车拉出南糯山。

汽车也是他们带上山来的新鲜物件，此前僾尼人从没见识过。见多了他们便也不觉得新鲜了。

改朝换代以后，茶厂着实热闹了一阵子。后来不知什么缘故，人渐渐散了，之后的许多年里，它们慢慢倾圮慢慢坍塌，就成了后来的样子。别样吾是仅存的可以说得出废墟前史的人，所以只能当他的话是真。真也是真，假也是真。

当初建茶厂的时候，他们也同时在沟口建了一座砖石结构的桥。茶厂成了废墟，桥却依然在用。它是中寨通往石头新寨的必经之路。而且由于有了桥，这条主沟的上半段已经被填埋了，在其上建起了厂房和若干幢曾经住人的平房。再向上几百米处则是石头老寨的民居。也可以说这座有八九十年历史的老桥，便是南糯山主沟的沟口。废墟就分布在沟口的两侧连同上方这一片区域。

说它是废墟，是因为它几十年前已经被废弃，几十年里没人居住，着着实实成了一片鬼屋。

一大片没人住的房子，说它是鬼屋再恰切不过。而那个身居其中的长胡子长头发的男人，既没人知道他的来历，也没人知道他的年纪和称呼，跟鬼也没有什么两样。只不过他见了人从不躲避，这一点跟常说的鬼不太一样。他其实很少出废墟，很少与人碰面。

从路上桥上经过，不大能看得出废墟的面积。只有走进去才知道茶厂的规模相当大，仅厂房部分就有两大块，是并排的两个独立的院落，都在桥和路之上。厂房的左边坡上有两排平房；右边坡上另有一排，有一道已经锈蚀残破的铁桥与厂房的二层相连接。

这只是路和桥之上的部分，路边和下面还分布着几排平房，明显是当年住人的处所。那个人不人鬼不鬼的家伙就住在最下面一排的破房子里。

从中寨一路过来到石头新寨路很长，而且途中没有人家，所以当地的人们经过废墟的时候多半在车上，废墟只是途中的风景，一闪即过。很少人徒步，所以人们在此停下逗留的机会也少。正是这个原因，让那个人不人鬼不鬼的家伙的底细不为人知。人们只是知道他在这，只是知道这里有这样一个人。

由于他脏兮兮的外貌和怪样子，即使有人跟他碰上，也会尽可能地对他敬而远之，不会有任何沟通和交流。就像面对一只被车轧得血肉模糊的老鼠那样。

中寨是个小寨子，总共不到二十户人家。家家户户都以卖普洱茶为主要生计。前面说到的别样吾是寨子里的人瑞。别样吾年轻的时候曾经是远近闻名的祭司，后来政府反封建迷信，他自己放弃了这身份。

到了这个年纪他已经很少出门。但是废墟里住着一个怪人的消息，还是传到了老爷子的耳朵里。他耳聋，无论谁跟他说话都要说上两三遍。所以晚辈们都不愿意跟他聊天。

但凡人上了年纪，不知不觉中便都染上了爱打听的毛病。别样吾也爱打听，尤其爱打听那个怪人。偏偏人们对那个怪人普遍缺乏了解，没有人能给他一个清晰明确的回答。这就更增加了老爷子心中的迷惑，越问不明白越想问，越问就越问不明白。

纠缠在这样一个怪圈之中，老爷子寝食难安。

别人很难明白他为什么如此关心那怪人，因为没有谁会关注一个很老的老爷子的心思，也没有谁关心废墟和怪人。双重的忽略导致了老爷子的焦虑。

人们早已经忘了别样吾曾经的身份，六十多年以前的祭司。可以说当年那是一个显赫的身份，而且它属于他的家族，几百年里一代一代传下来的，一直传到他。他是南糯山的末代祭司。

现在事情可能会清晰了许多。一个昏聩的已经忘了时间和年龄的老人，打听一个乞丐，那情形很像是痴人说梦。但是一个曾经的祭司关心一个废墟里的怪人，这样联系起来就有诸多的想象纷至沓来。

二

这个世界的事情就是这样，该谁知道的事情谁自然会知道。一个住在大山之上种茶的山民不必知道国家信息产业部的部长是谁，没有人会诧异或有疑问，因为他没有知道的必要。正如中寨的其他人不关心那个怪人一样，他们同样不必知道他是什么人。

但是别样吾老爷子不在此列，他对什么人什么事产生兴趣，一定有他自己的理由。

虽然年事已高，别样吾还是决定自己走一遭。去废墟的那段路虽不算远，但对于一个耄耋之年的老者也绝不能算近。出了寨子是那间废弃已久的小学校旧址，再往前两百步就是那个岔路口。从岔路口开始就下了水泥路，前面就都是凹凸不平的土路了。

雨季刚过，例行的雨季后修路还没开始。在先前的四个月里，每天都有至少两三场瓢泼大雨，海量的山水将大山划出了一道又一道弯弯曲曲的水沟，令原本是澄沙泥的土路变得坑坑洼洼。这样的路，车行会很难过，人行也脚高脚低、磕磕绊绊。

老爷子没找晚辈相伴，一个人走很辛苦。孙子早就为他备了拐杖，但是他出门的时候故意没带上它。他不想让别人知道他要走那么远的路。

老爷子毕竟是土生土长的山里人，尽管有些艰难，但是这样的路难不倒他。他已经知道那个家伙住在路下，所以他不必走冤枉路到上面去找他。无论山上山下的废墟

姑娘寨

都已经日久年深，没有进出的便道。对于他这个年龄的老者，在没有路的山间行走是很艰难的事。走冤枉路是老爷子所不能接受的。

路的下面老房子比较少一些，相对通行的难度也小一些。但他还是要穿过那些荒草间杂的野芭蕉林。

他们说他在最下面一排，也就意味着他要两次去到高台之下。山上的房子都是这样，一排房子一级台地，下面一排房子又是一级台地，再下面还是如此。每一级台地至少有一层房子的高度（大约三四米），而每一级台地之间的土阶梯早已经荒颓了，根本不适合那么大年纪老者的上下。

别样吾望而却步，他下不了决心去冒这个险。每个高龄老人都知道，自己已经过了可以跌跤的年纪，他们会千方百计避免让自己跌跤。况且他已经累了，于是他在土阶梯上面坐下。一旦坐下，主意就来了。

"你在吗？你在下面吗？"

这果然是个再好不过的主意，因为他马上就听到了回应。那个声音相当沙哑。

"在。我在。你是找我吗？"

"找你，我找你。我是中寨的，我是别样吾。"

看来自报名号没能帮他什么忙，因为对方没接他的话。但是他也没让他等很久，他很快在下一级土台上露出了头，接着是整个身子。他们看到了彼此。

"你是找我吗？"

"你不知道别样吾吗？"

对方懵懵懂懂，摇头。

老爷子眼盯盯地看着他，足足有两分钟。之后点点头，似乎在辨别和认定什么。

"我认识你。我说我认识你，你信不信？"

怪人摇头："我不认识你。我肯定没见过你。"

"上来说话吧，我腿脚不方便下去。"

"你有什么事吗？"

他一边从土阶梯往上爬，一边盯着老爷子。

别样吾说："也没什么特别的事。我听到他们说你，他们说你住这里。你住这里很久了吗？"

"我不记得时间。有一段时间了。"

"他们都不认得你。新寨那边没人认得你，中寨那边也没人。你在两个寨子之间这么久，却没人知道你是谁，除了我。"

"你知道我是谁？"

"我当然知道。知道你是谁，我才过来找你。"

"你这么大年纪，专门从中寨过来找我？我不明白，你我没见过面，你怎么会知道我？还有，你和我都是与别人不相干的人，你找我干吗呢？"

"虽没见过面，你和我还是有一样共同的东西。你知道你有，你不知道我也有。现在你知道了。"

"老人家，你的话我不明白。"

"认真想一想，再想一想，你就明白了。"

"你说的是……《雅尼让》？"

"我说你认真想一想就会明白，是吧。现在你知道了，为什么我说我知道你，为什么我会过来找你。让我告诉你我是谁。我是中寨的别样吾，现在你知道我是谁了吗？"

怪人怔了许久，似乎陷入了玄想。

"你是中寨那个最后的祭司。"

"这就对了。你当然没见过我，但是你阿爸肯定见过我。我和你阿爸是……"

"不，不是我阿爸，是我爷爷。阿爸早死了。"

"你是贡决的孙子？"

"贡决是我爷爷。"

"你爷爷是我的好朋友。小子，你知道吗，我和贡决一道猎过熊，好大的一头熊。"

"那张熊皮就睡在我身下。爷爷的东西都没了，只剩了那张熊皮。别样吾爷爷，我们别坐在这说话，我背你到房里去。"

"好啊好啊。正好去看看那头熊。真的老了，当年能杀死一头熊的英雄，如今连个土台也下不去了。"

他很强壮，背一个像他这样瘦骨嶙峋的老人简直不在话下。他把他轻飘飘地举起来，直接放到肩膀上。老爷子打心里乐了，他只有五岁以前才有这样跨骑在大人肩膀的待遇。五岁以前，恍若隔世啊。

老爷子抱紧他的额头，就如同一个五岁的孩子。这样他就可以闲出两只手，在需要的时候伸手扶一下身后的土阶梯。从两段土台下来，他就把他托举到地上。说实在话，骑在他肩膀上又要下土台，老爷子有点晕。这比他站在自家阳台上朝下看还要高，而且阳台是不动的，人的肩膀一直在动来动去。还是站在地上心里才踏实。

贡决的孙子在房子前面和侧面种了些菜，有常见的绿叶子菜，也有茄子辣椒西红柿黄瓜这些。老爷子看得出来，他不缺菜吃。阳光很厉害，他们不能够坐在太阳底下。他把老爷子让进房间，拉一个竹凳安顿老爷子坐着。那个房间的一角是火塘，两根比胳膊还粗的未熄的柴棒泛着暗红，火焰之上吊着黑铁锅。

贡决的孙子用竹舀子从铁锅里舀出开水，为老爷子在竹筒杯里沏茶。奇异的茶香气马上冲进鼻子。

别样吾说："做茶还是你们厉害，我们優尼人再怎么做也做不过你们。"

"你们的茶也好啊。茶卖得好，家家都盖新房子，还买了汽车。爷爷，你买了汽车吗？"

"我这个年龄开不了车了。孙子买了。四个孙子，有两个买了。我要坐车就坐孙子的车。"

"老人家真是好福气。可惜了，我爷爷没这样的好福气。他死得早，他孙子也没你的孙子能干。"

"别这么说。小子，你叫什么？"

"贝玛。是爷爷给我的名字。"

"贝玛，哈哈，这个老东西，他胆子不小啊。小子，你知道贝玛是怎么回事吗？"

贝玛说："爷爷说过。"

"他怎么说？"

"爷爷说，有一天我会见到祖先，会和鬼和神说话。他说那是我的命。"

"那你阿爸怎么说？"

"阿爸死得早，我没出生阿爸就死了。阿爸没见过我，我也没见过他。爷爷说，我家的男人命短。"

"你爷爷的命不短了，他过了五十了吧？"

"五十三。爷爷说他的命是家族里最长的。他死的时候一直在笑，奶奶把他眼睛合上，可是合不上他的嘴。他的嘴一直在笑。"

"那个老东西，他就是爱笑，"老爷子看见了贝玛铺上的熊皮，"这就是那头熊吧？"

"就是它。别样吾爷爷，听你刚才的话，它是你和我爷爷一起打的？"

"一起打的？真是笑话。那老东西除了弄神弄鬼，胆子小得连一只鸡也杀不了，还非要跟着我去打熊。结果怎么样，还不是赔上了一条胳膊，差点连命也搭上。要不是我一刀砍在熊眼睛上，血把熊眼睛糊住了，那老东西的命早就保不住了。他那年才十九岁。"

"熊不是我爷爷杀的？可是他一辈子都在吹他杀了熊，没人不信他，因为他有熊皮做见证。"

"熊一掌拍在他肩膀上，胳膊给拍断了，肩膀上的骨头都露出来。他当时就给吓瘫了，他怎么杀熊？后来他向我要这张熊皮，他说丢了一条胳膊，留下这张老熊皮做个纪念。他这么说了，我还能说什么？"

贝玛开心地笑了："我爷爷真逗。"

别样吾也笑了："有他在，谁都会很开心。小子，他说你有一天会见到祖先，你见到了吗？"

"每天都会见到。他们都像爷爷一样，都很开心。他们每天夜里都会来，来了又吵又闹的就像孩子。他们已经成了我的朋友。"

"小子，你真是好运气！叫人羡慕啊。"

别样吾出身祭司世家，世世代代以侍奉祖先为职业。能够见到祖先，被视作最大的幸运。他已经度过了长长的一生，这样的幸运总共不过七次，平均下来十年也没有一次。他说羡慕是由衷之言。

贝玛说："可是我不懂，那些祖先为什么找我。我想他们绝不会无缘无故来，他们一定有自己的理由。爷爷，你见多识广，你说他们为什么来？"

"你说得对，凡事都有自己的理由。就像你的出现，你为什么会在这个时候出现。"

"我一直都在啊。先是在老寨那边，后来奶奶和阿妈让我下来，我就下来了。"

"你是说你奶奶和你阿妈都还活着？"

"活着呀，而且奶奶的身体很硬朗。奶奶让我下来；阿妈让我放心，奶奶有她照看。"

"你奶奶让你下来，这就对了。你不下来的话，我就不会听到他们说你；听不到他们说你，我也就不会过来找你。对了，就是这么回事。"

"我还是不懂。我不知道你，你也不知道我。你只是爷爷的朋友，你没见到我也没什么相干啊。"

"这个你就不懂了，这就是命。见到你是我的命，认识我也是你的命。所有这些都是命里注定的。你信不信，我还知道你奶奶叫你下来做什么。"

"这不可能。奶奶只对我一个人说过，连对我阿妈她都没说。奶奶在老寨那边不见任何人。"

"这个老太太，她有九十九岁了吧？她比你爷爷还大九岁呢。她是不是告诉你，让你一个人住，让你种上四十九棵茶树，让你在茶树下茶的那一年回布朗山，娶一个女人回来生儿育女？"

"别样吾爷爷，你真是神了，什么都知道。"

"我没你说的那么神。连这么简单的事情都不知道的话，我还有什么资格做祭司？可能连你自己也不知道，你的家族世世代代是单传，一辈人只生一个，都是男孩。你们不能跟外边的人通婚，所以男孩子一定要回你们的老家，回布朗山去娶老婆。"

"别样吾爷爷，你慢慢说话，你喘得很厉害。"

"很久没一下子说这么多话了，没人听我说。"

"我听，你别急，慢慢说。我听你说话。"

"我要说的话也就这些了。你的茶树下茶了吗？"

"春茶还没有。估计快了。看看来年吧。"

"下来这几年，你回去看过你奶奶吗？"

"奶奶不让。奶奶说活着就不能再见面了，她死的时候阿妈会来接我，我和阿妈两个去送她走。"

"那个老太婆已经成精了，她才不会那么早就死呢。也许你死了她还活着，你信不信？"

"临走之前我也是这么跟她说的。奶奶就说，那也好啊，反正不是你送我，就是我送你；活着我们就不见了，死了再见吧。"

"这个死老太婆，跟自己的孙子说这样的话。"

"可是她又说，你离死还远着呢，你先要种了树，要等树下茶了才能去娶你的女人，你的女人要生了孩子你才有资格去死；到了那时你不死也不是不可以，你有寿数的话你还可以接着活下去。唉，我怕是等不了那么久啦。"

贝玛说刚才这段话的时候，神态和声调忽然就变成老太婆一般，仿佛还活着的奶奶附了他的体。

别样吾说："死老太婆，借你孙子来吓我是吗？"

"别样吾爷爷，你在跟我奶奶说话吗？"

"人是不能活过一百岁的，过了一百岁就成了妖精了。这个老不死的，听说她还活着我很开心。"

"我就觉得奶奶不会死，永远也不会死。还有一件事我弄不明白，她身体好好的，为什么要撵我下来，一家人住在一起不好吗？你一定知道其中的原因。"

别样吾摇头："我不知道。不过想想也能够想清楚。你是大人了，你有你自己的生活，你要有你自己的家。原来那个家属于你爷爷你奶奶，不是你的。"

"我一直想不明白，你这么说我就懂了。"

"还有，你是不是下来以后才见到祖先的？"

"是啊。那些祖先还告诉我，这地方是原先的谷神房，他们的祖先建的谷神房。"

"你知道吗，你奶奶赶你出门，就是让你成为贝玛。在你奶奶和你阿妈跟前，你永远成不了贝玛。她们两个是你的保护神，她们挡住了祖先。你只有离开她们，祖先才会到你的身边。"

"你慢慢说，你又喘了。"

"你奶奶明白了这个道理，或许是你爷爷的魂魄在教她明白，所以她赶你下来，所以你才见到祖先。"

"别样吾爷爷，我的祖先和你的祖先，他们也是朋友吗，就像你跟我爷爷那样？"

别样吾想了一下："怎么跟你说呢——就像这些树。

姑
娘
寨

山上的这些树，每一棵都不一样，而且有不同的品种。它们各是各……再帮我加点茶。"

贝玛为他将竹杯斟满。

"一棵树就是一棵树，另一棵树是另一棵树。但是所有这些树的根，都是连在一起的。也就是说，祖先是树根，树根不分你的还是我的。祖先只有一个。"

"就是说我见到的祖先，他们也是你的祖先。"

"没错。祖先就是祖先，不分你我。"

"真有意思。你是我爷爷的朋友，你从来没见过我，可是我却和你的祖先是朋友。真有意思。"

"说祖先的时候，一定不要说你的还是我的。"

"记下了。爷爷你放心。你走了这么远的路，你也见到我了，你一定还有别的话要说。"

"没有啊，我就是来见你，就是要跟你说刚才我说的那些话。你和我总有见面的这一天。"

"不会就只是见一面吧？如果没别的事，只是见一下面，这样的见面又有什么意义呢？"

别样吾说："我觉得很有意思啊。我就知道你一定是贡决的后代，但我没想到你不是儿子，是孙子。对我来说，儿子和孙子也没有什么不一样。"

"你老远过来一趟，就是想见一下贡决的后代？"

"是啊，贡决是我老朋友，我见见他的后代，不是名正言顺的事情吗？你怎么会觉得奇怪呢？"

"就是很奇怪。你年纪很大了，对你来说见谁不见谁都没什么要紧，你根本不必来见我，我只是你一个老朋友的孙子而已。你的老朋友有儿子有孙子，也许还会有重孙子，他们是谁与你毫不相干，是吧？"

"你说你的。"

"你来见我是有风险的。路不好走，你也许会崴了脚。我住下面，你下那些土台也许会摔倒。老年人摔倒很容易伤了筋骨。土台那么高，你一个人也许爬不上土台，爬不上去你又能怎么办？这条路上人少，喊人喊不到你又能怎么办？你担了那么多风险，就为了与一个不相干的人见一面，我搞不懂你为什么。"

"你这么一说，连我自己也搞不懂了。不过听我一句话，我相信是祖先让我来见你。你不懂，我不懂，祖先应该会懂。你再见了他们，不妨问问他们。"

"问问祖先？你说是祖先让你来见我？"

"我自己也搞不懂，我为什么来见你。我认为这是祖先的意思，祖先一定知道，你不妨问问他们。你不是每天睁开眼睛之前都和祖先在一起吗？"

贝玛又为别样吾添茶。别样吾说他该走了。

别样吾运气不错，他来的时候贝玛刚好在；所以他不必自己从两级高高的土台上下去；他在走的时候，也不必喊人帮忙，也就免去了喊不到人的窘况。所以说别样吾运气不错。

第三章

遗失在历史尘埃中的金勺子

一

再见到帕亚马是一年半之后了。

当时正值2013年的雨季。西双版纳这里的雨季大约持续四个多月，从五月末六月初开始，一直延续到九月里的某一段时间。见他是八月还是九月，我记得不是很确切了。套用一句歌词说，大约在雨季。

那时候我已经上山了。我说的上山是指我把上海的家搬到了南糯山上。我暂时寄住在艾扎茶厂下面那片已经被废弃的小学校的二楼上。说搬家，是连人带家包括全部家具，那是满满的一大厢车。厢车足足八米长，当然其中主要的东西是家具，我不能把我的家人也放在厢车里。我们一家三口开小车紧随在厢车后面，一路两千多公里，不可谓不辛苦。

一家三口就是老婆孩子热炕头的意思。你没听错，我和我老婆孩子都成了南糯山的山民，现在是，以后仍然会是，一直都是。

虚公和我一样，只不过他还住在景洪。他和我是同一天同时加入到姑娘寨村民当中的，我们两家合伙杀的猪，和寨子里的乡亲一道完成我们的入寨仪式。虚公暂时还没有具体的上山日程，他只是大体地说明年，2011年说明年，2012年说明年，到了今年还说明年。明年复明年，明年何其多，我生待明年，明年成蹉跎。

我和虚公都算是已经在南糯山落脚。

我选的地址在刚进寨子的那一段，在乡路的右手（上面）边，离小学校大约四五百米的距离，算是寨子的中段。

虚公就在学校向下一点。这里是整个南糯山视线最为开阔的部分，背靠南糯山主峰，面前是南糯山主沟，举目远眺凡数十公里，左右两翼是比较对称的两道向下的山梁，景观极为辽远壮阔。

虚公比我早到一年，运气比我好了岂止十倍。有许多老话都在说我俩的情形，有道是"先下手为强"，歌词里说"他比你先到"，诸如此类。

我俩之间的微小不同则是我直接住到了山上，且已经开始了家园的建造。而虚公还有待明年。

李亚伟和默默又上山了。他俩每年都会上山小聚一两次，他们在景洪都有自己的冬季工作室。这次雨季过来纯属偶然。两位大诗人落脚西双版纳，该是版纳的一大幸事。连同虚公他们几位已经在版纳的诗坛悍将一起，西双版纳已经是名副其实的诗的胜地了。

喝酒还是在艾扎那儿。我是个酒白痴（不是酒痴），对我而言所有的白酒只是一个辣味。所以好酒之徒跟我吃饭没劲。艾扎自己便是地道的酒中仙。

我深知自己在酒桌上会扫大家的兴致，于是自告奋勇要出节目。唱，我不行。就诵诗吧，我喜欢的诗。

中文系

中文系是一条洒满诱饵的大河
浅滩边，一个教授和一群讲师正在撒网
网住的鱼儿
上岸就当助教，然后
当屈原的秘书，当李白的随从
当儿童们的故事大王，然后，再去撒网
有时，一个树桩般的老太婆
来到河埠头——鲁迅的洗手处
搅起些早已沉滞的肥皂泡
让孩子们吃下。一个老头
在讲桌上爆炒野草的时候
放些失效的味精
这些要吃透《野草》的人
把鲁迅存进银行，吃他的利息
在河的上游，孔子仍在垂钓
一些教授用成绺的胡须当钓线
以孔子的名义放排钩钓无数的人
当钟声敲响教室的阶梯
阶梯和窗格荡起夕阳的水波
一尾戴眼镜的小鱼还在独自咬钩
当一个大诗人率领一伙小诗人在古代写诗
写王维写过的那块石头
一些蠢鲫鱼或一条傻白鲢

就可能在期末渔汛的尾声
挨一记考试的耳光飞跌出门外

我的非凡的记忆力受到默默的激赏。

默默说："我连自己的诗也背不了这么长。"

我说："好汉不提当年勇。当年整本三百多页的《郭小川诗选》，我能从头到尾一字不落。"

艾扎说："真是很棒，谁的诗啊？"

我说："还能是谁的诗？"

默默说："艾扎连《中文系》是谁的诗都不知道，白活了。"

艾扎试探着："是亚伟的？"

李亚伟抱拳："大兄如此抬爱，惭愧惭愧。"

我说："我一直是你粉丝，你不会不知道吧。"

"岂敢。这么说折煞兄弟了。"

默默说："亚伟的粉丝分两拨，中文系出身的都是《中文系》的死忠粉，所有那些不是中文系出来的都迷《豪猪的诗篇》。"

李亚伟说："艾扎说你上一次进原始森林失踪了一天一夜，怎么回事啊？"

艾扎说："你还说你在林子里吃了野猪肉，后来又说是故意吊我胃口。我怎么想怎么不对，吊我胃口为什么不说别的？还有，在老林子里过夜你住哪呢？我心里一直解不开这个结。"

"哪有什么结。山上又不冷，哪里不能住？该谁出节目了？"

我忙着打马虎眼把话题岔过去。

李亚伟旧话重提，让我忽然意识到关于帕亚马的事情被我搁置了。当年离开帕亚马的那一刻，我曾经非常清晰地想过，我还会再来，我和帕亚马之间的故事一定还没有结束。可是上山这么久，我居然一直没有动过再去会会帕亚马的念头。

就是那一刻，我打定主意，再去会会这个帕亚马。不过这一次我不想张扬，我决定自己走一遭，不让朋友们，包括艾扎在内的所有朋友知道。

a

说来奇怪不奇怪，我就知道我一定会再见到帕亚马。怎么可能呢？用艾扎的话说，在偌大的原始森林找一个人，等同于在大海里捞针。艾扎找不到我，我又凭什么认定我会找到帕亚马呢？

我就是能找到。虽然我没这么说，但我心底里认定我去找他的时候，他一定也在他的地方等我，就像我们已经约好了一样。我甚至连试图寻找一下当年艾扎送我到老林子边那个地方的念头也没动一下。我走的肯定不是原来的那条路，我凭目测抄了一条离原始森林最近的路线直奔过去。进了老林子也仍然秉持走直线的理念，尽量一路向前和向上，仿佛很清楚目的地就在前面。我就用这样的方式抵达了树屋。

或者这就是人们偶尔会说的"有如神助"吧。

这次我先爬进树屋，我要确认这还是不是他的家。即使是简陋的林间小屋，你还是一眼可以辨别出现下它住人了没有。他在，我有绝对的把握确定他在。所有的细节都表明了他还在。木屋里没有可坐的板凳或者椅子，我要等他回来只有先出来下去。

我这才注意到，树下十步开外的那个火塘是冷的。在我的记忆里，傻尼人的火塘是不熄火的，莫非……不对，我回想起上一次他也是用他腰间那个火种将火塘点燃的。我特别记住了他撅着屁股吹火的情形，因为那会儿那片盖住屁股的大叶子偏到了一边，他的大半个屁股露在外面，那情形相当滑稽。

现在我有两个选择：一个是就地等他回来；一个是留下我来过的记号自己出去，让他回来后就地等我。

我选择了后者。不管我朝向哪个方位，对我而言都是额外的收获，我不知道我会见到什么甚或发现什么，不管那是什么都是我的收获。就地傻等显然不可取，他回来得早还好，回来晚的话，我收获的只能是百无聊赖；更糟的是他今晚也许不回来，如果那样我就成了百分之二百的像天那么大的大傻瓜。

我这会儿心里挺有成就感，毕竟没走一点冤枉路就到达了目的地，这本身就是不可思议的。这第一步给了我信心。我自想走出去一定不会白白出去，一定会有所收获，也许会再一次和帕亚马在陌生的林中遇见。就像上一次一样。非常有意思的是，我忽然又有了上一次那种老虎的自我感觉。我又一次把树冠之下的偌大空地当成了自己的领地。所以我才会有"走出去"的想法，走出自己的领地。我想我回来那一刻，一定会体会到"回来"的特殊感受。

姑
娘
寨

我这头老虎真是可怜，领地仅仅是一棵树的树冠之下，再大的一棵树总归只是一棵树而已。我是个东北佬，东北佬经常被南方佬叫作东北虎。我知道一只东北虎的领地总有百里方圆。怎么东北虎上了南糯山，却比一只长尾巴松鼠也不如了？

不是我着意做这种太过悬殊的比附，实在是刚好有一只长尾巴松鼠像是知道我要走出去，专门在前面为我带路。就像是知道我的心思一样，它选择的方向与我来时的方向一致，也是向上。

有人带路再惬意不过了，这样你就可以不必为选择道路费心。其实在没路的老林子里，选择道路当真是很费心的一件事。现在我连这也省了。我就跟在它后面亦步亦趋。我这个职业有个坏毛病，就是随时随地给眼睛看到的任意人物起名字。我给这个长尾巴松鼠的名字是黑象。它本就长得黑黢黢的，而且个头那么大（躯干大概有中指那么长），黑象绝对是个恰如其分的好名字。

我猜黑象已经丈量了我的身量多高多宽，所以它选择的路刚好可以容得下我这个大块头通过。看上去密密匝匝的原始森林，居然会有这样一条让我毫无阻碍就能通过的密道，我心里暗暗称奇。我心里在想，黑象知道我要去哪里吗？知道我要做什么吗？

黑象说："不是去找帕亚马吗？"

我说："好像你什么都知道。"

黑象说："别夸我，我没那么聪明。"

"那你怎么知道我要找帕亚马？"

"不是我知道，帕亚马要我来带你。"

"帕亚马要你来带我？"

一定是我的声音让它觉到了疑问，它站下，回过头与我面对面。

它说："你为什么那么问？是我的话有问题吗？"

我说："可是帕亚马怎么知道我在他家里？"

"你的问题帕亚马知道，可是我不知道。"

"这个帕亚马什么都知道吗？"

"我不知道帕亚马是不是什么都知道，他没对我说过这样的话。我只知道他让我做什么。他还告诉我该怎么做。我们都听帕亚马的。"

"我们？你说的我们还有谁？"

"我们全体啊。"

"我们全体都有谁？"

"南糯山所有的人。"

天哪，它居然把自己称作是人！它是一个鼠仙吗？不行，说鼠仙太难听了，说松仙吧。狐仙可以变美女，你也可以变成一个美女吗？我没问它，我只是心里这么想。可是——

它居然回答了："你的美女指的是什么？"

"是美丽的女孩子啊。"

"我不知道我算不算美丽，我就是个女孩子。"

我无语了。这一切太不可思议了，换了谁都一定会发蒙。虽然写过一本童话，但我还是不能相信我自己一头撞进了童话里。一只小松鼠居然用人话告诉我它就是一个女孩子，我是不是活见鬼了。

而且两个回合下来，我已经知道我心里任何与它相关的念头，它都听得到，并且一定会做出反应。我于是强制自己不动任何关于黑象的念头。所有能猜透人心思的东西都会把人吓到，一只小松鼠也不例外。黑象发现我再没有新的问题问它，又重新开始了它带路的使命。我们依旧一前一后，间隔两三步距离。

既然我已经发现了，只要不动关于它的念头，它就不会来烦我，我于是把念头转向帕亚马。它说它听帕亚马的，它们都听帕亚马的，我何不让它说说帕亚马呢？黑象不是个有心机的家伙，这一点我有十二分把握。而且它还是个直来直去的家伙，心里没死角。

我说："帕亚马为什么自己不来？"

黑象说："你总是拿他的问题来问我。问他呀。"

我说："他不在这。我很奇怪他自己不来让你来。我又没法问他本人。"

黑象没作声。我转而一想，刚才我只是说话，并没有提任何问题。没提问题当然也就没有回答。我决定换一种方式。毕竟前路还有多长是个未知数，也许很长，很长很长。我不能放弃如此宝贵的机会。

"你们平时都做些什么？"

"平时每个人都做自己的事。"

得，等于没问。它又一次自称是人。

"平时吃饭的时候吃什么呢？"

"松果，野板栗，核桃，还有别的。"

又等于没问。它的回答上一次在木屋里都有了。我发现它对自己有一个非常严格的限定，它只说它自己，绝对不涉及它先前说的"我们"的"们"所包含的其他成员。

它口齿非常之清楚，没有一句口语的赘词。我猜它们一定有一个功底深厚而且非常严厉的语文老师。它的每一句话都极其严谨，多一字即多，少一字即少，没有严师的训练绝达不到如此水平。

这是一个完全不露破绽的小家伙，我无计可施了。

我忽然又想到帕亚马会说我们的话，黑象也会。那么是不是这里所有其他的生灵都会呢？我早没想到这一点（其实是我早没发现别的生灵会说话），如果早想到了（怎么可能呢？绝无任何可能），我上一次就该尝试着跟那些有着金丝猴一般精巧五官的云朵们聊一聊。我不知道我跟它们（那些云朵）是不是还有缘分，我更愿意把它们想象成帕亚马他们的祖先的魂魄（想象只是想象而已，绝不能够等同于事实）。

我终于从内心认可了帕亚马的世界。无论是他本人（以一己之力击败一众对手），还是他们的"们"所包含的其他成员，"他们"都让我刮目相看。

一路上它偶尔会停下来，将沿途见到的坚果做一个记号。我能够想象，日后它会循着这些记号将坚果收集起来，或者放回帕亚马的树屋，或者放到别的可以储存食物的处所。真是奇了怪了，我凭什么又自作主张，认定它就是那天晚上的那只长尾巴松鼠呢？在我眼里它们长得一般无二，以我的眼力根本分不出它们谁是谁。既然连我的心事它都猜得到，又在试探的那两个回合里一再败北，我放弃了从它这里套话的企图。就跟它聊聊天吧，不必再作它想。

"黑象，你们松鼠是自己住还是跟家人住一起？"

"跟家人住一起啊。你们不是也跟家人住一起吗？我们和你们其实没多大分别。"

"可是你们住在树上，我们住在自己的房子里。"

"帕亚马也住在树上啊。"

我本想说，它们是素食动物，而我们是杂食动物，我们还吃肉。后来想想，也有的人只吃素不吃肉。按照《创世纪》的说法，上帝并未叫人吃肉，上帝规定人类的食物只有植物的果实和植物本身。它不说，我不会想到，它们（动物）与我们（人）当真没有很大分别。不然那个叫达尔文的家伙，也不会愚蠢到如此地步，不会以为人是猴子（在我眼里所有猿和猴都是一路货色）变的（他把这个单音词说成了另一个双音词：进化）。谁说人是猴子变的，他自己才是猴子变的！为什么一定是由什么东西变过来的？为什么人和动物不能是自己本来的样子？这个可恶的家伙，他的这些胡说八道把这个世界弄得乱七八糟的。

既然黑象那么厉害，我何不听听它是怎么说的？

我说："在你看来，你和我有什么不一样呢？"

它说："每个人都不一样啊。"

"你为什么会说自己是人呢？"

"我们说你们的话，你们是人啊。"

"如果说你们的话呢？同样的意思你怎么说？"

"我会说，每个松鼠都不一样啊。"

"如果是猴子说猴子的话，该怎么说呢？"

"每个猴子都不一样啊。道理总是一样的。"

关键就在这里！猿说猿的话，也一定不能够说"每个人都一样"。猿就是猿，正如人就是人，也如松鼠就是松鼠。这个该死的达尔文，偷换概念的家伙。无论如何我想不到，如此艰深的命题，小小的松鼠居然如此轻易地就破解了。

我小时候就听过这样一个童话。在鹦鹉比武大会上，来自各地的巧舌如簧的鹦鹉们比谁更聪明。获得冠军的那个鹦鹉说的是：天哪，哪来这么多的鹦鹉！之所以说它聪明，因为它说的不是鹦鹉的话，是别的鹦鹉想不到也说不出来的话。它的主人利用它天生的学舌本领，让它超越了它的同类，作祟的是它的主人。也如达尔文在背后作祟，将自己的祖先帽子戴到了猴子（类人猿）的头上。

我突然袭击："你们松鼠是什么变的？"

"我不是什么变的，我就是自己本来的样子。"

这是最为精准的答案。

b

到了。

我第一眼看到的并不是帕亚马，我看到的是房子，是一幢坐落在地面上的小巧的木屋。我相信它一定是帕亚马的新房子，不会是别人的。原因在于是黑象带我到这个地方的，它带我见帕亚马，它说是帕亚马派它来给我带路的。

帕亚马既然知道我的到来，又不在原来的家里等我，还专门派人带路过来，我就知道他有更重要的事情在做。盖房子当然是极其重要的事情。人做事总要分轻重缓急，尤其那些有头脑的人做事。

我第一眼看到的是房子有门的那一面。地上的房子与树上的房子有所不同，首先不同的便是有门，不只是仅有门洞而已。

我可以断定他就在门内，因为我看到正有细弱的烟缕从墙上和门上的缝隙中悄然渗出。

想想也是，树屋有没有门窗并不要紧，因为不会有不速之客长驱直入，它或他要先爬上梯子才行，除了鸟。地上的房子不同，必得要防范不速之客。我拉开门，同时看到了同样与门相对的窗。帕亚马正在安装窗，他的腰间的火种依旧以蓝色的烟缕昭示着它的存在。我的到来对他似乎不是重逢，更像是我一直就在这里与他一道造房子。

帕亚马说："帮我扶一下。"

我说："怎么扶？"

他说："窗和窗口上下对齐。"

他说的窗，是已经由竹条编织完成的花式矩形片板，经线纬线之间有诸多不大的方形空洞，整个片板与窗口的面积几乎完全一样。他让我对齐，然后他将经过浸泡处理的细细的藤条分三段绑紧在窗口一侧。我看得很明白，三处藤条的作用相当于三个合页，以便于窗的开和关。他还在窗的另一侧设置了相当于钉锔的藤制搭扣，一个如木制弹弓形状的树丫便可以将搭扣从里面锁上。聪明绝顶的机关。

回头看看，门也是以同样方式解决了开合问题，和从里面的闭锁问题。只不过门扇上的孔洞要更小，因而也更结实一些，透光明显不如窗。

我说："那边的树屋不住了？"

他说："没有啊。"

"我以为你要搬到这边来住。"

"都是我的家，住在哪里都可以。"

"都是？你是说除了这里和那里，还有别的家？"

"为什么你会觉得奇怪？很奇怪吗？"

想想也是，我不知道我为什么会觉得奇怪。我们也有不同的家，上海的，海口的，姑娘寨的，甚至遥远的锦州的（我父母的家。愿他们在天之灵安息）。

我其实很关心他的伤。

我仔细查看了当初那几处比较严重的伤口。奇怪，那么重的伤口居然没留下一点痕迹。不是一处没有，所有的伤口都没留下疤痕。而且这会儿我格外注意到，他的皮肤相当光洁润泽，泛着又浅又淡的油光，与那些健美大赛上经过高超的化妆师妙手的运动员相比，完全不落下风。我看不出任何微小的皱纹，可我分明记得他亲口告诉我，他六百三十五岁。不，应该是六百三十七岁。六百三十五是他两年前的年龄。

我告诉他我刚刚过了六十岁，我们说六十岁是一甲子。他问一甲子是什么意思。我说我们汉人讲生肖，十二个生肖是一个轮回，五个生肖轮回便是一甲子。他还是不懂为什么要搞这些名堂。因为这些是我的祖先们的定制，我不知道祖先为什么如此，管他呢。

我说我们到了六十岁都要纪念一下，我们叫作大寿。我说我的大寿之日已经过去了两个月，还没来得及纪念。今天我带了酒和肉干（冬瓜猪干巴和牛肉干巴两种），想和他两个人一起热闹一下。

他说你可以和你的家人一起做大寿啊。

我说："我在家里一直不过生日。"

"什么是生日？"

"就是每年在你出生的那一天都纪念一下。"

"别人都纪念,你为什么不呢?"

我告诉他,我们习惯将五十岁以上的人视作老人,我不喜欢做老人的感觉。我过的最后一个生日是四十九岁,那以后我再也没理会过自己的生日。

他说:"那你为什么又要和我一起做大寿呢?"

我笑了:"我才六十岁,跟你比还是个小孩子,所有小孩子都喜欢过生日。过生日就像过年过节一样,是个开心的日子。"

"过年过节是什么?"

"就像你们的嘎汤帕节啊,秋千节啊。"

他的新房子里面暗,我们便坐到房子外面。一棵倒毙已久的树干横亘在房子前,刚好做我们的长凳。

我带的这些都是现成品,也不需要动明火就可以入口。至少眼下他腰间冒着烟的火种派不上用场了。我也没忘了带纸杯,我还是不能接受两个人对着一个酒瓶嘴对嘴地轮流吹。一个纸杯大约二两半,两杯倒出去,酒刚好下去了半瓶。我们碰一下杯,之后不约而同一人一大口。

我问他,比他们的自烤苞谷酒怎么样。他咂咂嘴,说还可以。还可以这个话,在汉语里的意思相当含混,我就听不出他是称道还是应付。我拿的也不是什么太好的酒,五十二度绵竹大曲,也是我随手从家里拎出来的一瓶。我的酒都是为临时来的朋友备的,我自己完全没这个嗜好。

我告诉他我平日不喝酒。他说他喝,他说酒是好东西,好东西一定要享用。他同样认为猪肉干巴和牛肉干巴都是好东西,他嚼得很香,看上去很是享受。我不知道他是做给我看，还是当真吃得那么开心。

我的酒下得没他那么快，每次虽然都是与他同时举杯，但仅仅抿一小口做做样子而已。没酒量绝不逞能，是我的不二信条。几口酒下肚已经面红耳赤了。

我说："我在一本哈尼族历史的书里，看到了一个人带着哈尼人从北边南下，渡过了澜沧江。那个人的名字跟你很像。"

"怎么像？"

"字不一样，可是发音差不多。"

我拿树枝在面前的地上写出大大的"帕亚马"三个字，问他的名字是不是这么写。他说是。我又写了"帕雅马"三个字，告诉他那个人的名字是这么写的。

他说："我的名字也可以这么写。你说的那个人是我。"

我说："我就知道是你，我猜一定是你。你说你六百三十五岁的时候我还纳闷，看了那本书我才明白，你说的是真话。你是整个西双版纳傻尼人的祖先。"

帕亚马说："你越说越糊涂了。"

"你哪里糊涂，说来听听？"

"活着的人怎么成了祖先呢？"

"你已经活了那么久，你一定已经生了很多孩子，你的孩子也一定又生了更多的孩子，而且孩子的孩子还有自己的孩子。他们没有你活得那么久，可是他们一代又一代都有自己的孩子。你不是祖先又是什么？"

帕亚马摇头，摇得非常坚决，显然不认同我的说法。我的推理在哪里出现了漏洞呢？

的确，除了他我再没见到另一个与他为伴的人。如果他就是这一支傻尼人的祖先，如果他当真还活着并且已经六百三十七岁高龄，他绝不应该孤零零一个人在原始森林中当野人；他应当生活在众多晚辈中间，儿孙绕膝，受到家人的拥戴，像一个真正的酋长或者部落首领那样。我知道我的逻辑链中出现了断裂。

我说："很想和你一起去坟山看看。"

他说："好啊。你是不是还想看看祖宗树？"

"祖宗树不是被砍倒了吗？它还在原地吗？"

"原来的树砍倒了。新树在原来的树根上又长出来了。老树化成了泥土，成了新树的肥料。"

他说的我无法想象。被他称之为祖宗树的一定很大很粗，肯定比他的寿命要长许多，或许超过千年也说不定。我无法想象一棵数百年甚或上千年的巨树，在两年里会完全化成泥土。说总归是说，还是眼见为实吧。他已经答应带我去坟山，去了便一目了然。

c

他上次的话我还有印象，因为我没听见他所说的群狗的吠叫声，我问他坟山是不是很远，他说很远，要过两道山梁。两道山梁当然非常远。我从茶厂到他的树屋也只是过了一道山梁而已。

我看看天色，已经近黄昏了。我很清楚自己的脚力，一个不经常运动的六十岁男人的脚力。我倒是随身带了一支手电，但是我认为他没有这么时尚的玩意。没有手电，在即将入夜的原始森林里跋涉两道山梁，似乎相当诡异。他已经把酒瓶盖上，把杯里剩下的酒倒进肚子里，同时把余下的那些肉干扎好吊在屋顶下面，已经做足了马上动身的一切准备。

哦，又是我多虑了。前面那个夜里他同样没有手电，可丝毫也没有妨碍他义无反顾地打一场坟山保卫战。看来手电在他完全是多余的东西。

我无法断定今晚会不会回到这里来，所以我不想把随身的双肩挎包留在他房子里。

那简直就是一路惊奇。

在我眼里寸步难行的原始森林，在他简直就是一条专业的运动步道。它虽然不是笔直的，经常或向左或向右小弯一下，但它无疑是通畅的，毫无任何阻碍。正如来时的路上，黑象带我的那条道一样。

帕亚马是条大汉，步幅很大，步频很快，完全可以用健步如飞去描述他。

我紧跟其后。其实我体力不是很好，可是跟在他后面却毫不觉得吃力。我简直就是在一路小跑。

由于一直在老林子里穿行，我无法揣度这里的山势和地形。从脚下的着力上，我能觉得时而吃力（估计是上坡），时而轻松（应该是下坡）。并没有那种翻一道山梁一定要长时间的上坡，下一道山梁又要长时间的下坡的感觉。其实我已经不记得跟着黑象过来的那一路走了多久，是上了坡还是下了坡，正所谓"不识庐山真面目，只缘身在此山中"是也。手电虽然一直被我攥在手里，却一直派不上用场，是因为这个晚上有月，月光的清辉透过头顶上枝叶的缝隙洒下来，刚好为我们照明。

我知道我们走得很快，可是到达坟山还是比我想象的要早。大概这也是帕亚马毫不犹豫就带我过来的缘由。坟山原本没那么远，是我的夸大的想象将这段路视为畏途。我说到达，并不是我看到坟山，是帕亚马说坟山到了。因为没看到，我把他的话理解为坟山已经近在咫尺，或者更精确的说法是坟山就要到了。

帕亚马脚步慢下来，站定。跟在后面的我依葫芦画瓢。他没再出声。他的脸上露出专注，就像上次那个晚上他离开之前的那种表情。莫非又有情况？

他回过身，用手势示意我蹲下。我蹲下了。他依旧强调他的手势，我就又继续向下坐在地上。

我猜他的意思是让我原地不动，不要发出声音。显然他不想让我纠缠到不属于我的是非当中，他们的事情让他独自去面对。不是又有人来盗砍祖宗树吧？那样的话也太巧了吧，回回都让我撞上？

没有砍树的声音，绝对没有。

我在帕亚马原本严肃的脸上看到了慢慢爬上来的笑意，他完全释然了。

他说："他们在狂欢，我们也加入吧。"

有一会儿我完全没懂他话里的意思。狂欢？他们？

我有把握的是，那个"他们"是他的自己人。但他们是人吗？是人怎么会没有人的声音？人的狂欢的声音我当然熟悉。我敢肯定绝对没有我熟悉的人的狂欢的那种声音。那会儿我就忘了我们来的是坟山。

前面是一个陡坎，连帕亚马也需要手脚并用才能爬上去。他伸出手搭了我一把，两把，第三把终于上来了。我忽然置身于一番全新的天地。

这里的树更高，树径更大，每棵树下都有一个几平方的土台。这里完全没有那些杂乱无章的小树。山势逶迤向上，每一个土台都比下面一个要高一些，一直延伸到视线不及的远处上方。这里头上方的树冠也比这一路上稠密了许多，几乎完全看不到头顶的月光了。这一定就是坟山了。那么那些平展的土台里就是一个个僾尼人祖先的居所了。

我不由得肃然起敬。祖先，一个多么神圣的称谓。

我忽然感到我自己的种族是如此悲哀。我们所有城市里出生的人早已经没有了祖先的概念，而乡下的尽管还保有家祠祖祠，留下的也仅仅是一个名字，一个标有名字的木牌。

也许同姓氏的后辈人会去祠堂里拜祭，那也仅仅是一年一次的例行公事，多则一两个小时，少则十分钟八分钟，如此而已。一年有三百六十五天，一天有二十四小时；所有那些来拜祭和没来拜祭的晚辈，有谁会想到一年里的其余时间你的祖先将如何打发。他们中的每一位在祠堂中只占有一指长两指宽的牌位，几百几千人挤挤挨挨在一起，一定不舒服到了极点。他们唯一的盼头就是一年一次的晚辈拜祭的那一刻。

和僾尼人的祖先相比，我们的祖先太憋屈太寂寞也太可怜。这不，他们的祖先这会儿正在千年的森林殿堂中欢聚。用帕亚马的话说，在狂欢。

我的这些玄想在升腾的同时，当初那个晚上那些有着精致面庞的乌云朵已经在我周遭环绕。今夜他们比上一次大了很多，眉眼和表情也都更像开心的孩子。我甚至很奇怪，为什么先前记忆中的那些云朵的脸让我联想到金丝猴呢？一定是由于所有的面庞都放大了，而且所有的表情都满带笑靥。试想一下，那个仅有人脸四分之一大小的金丝猴忽然笑了，再把那张笑脸放大四倍，它会不会也像一个孩子的笑脸呢？

他们依旧是一朵又一朵轮廓分明的乌云，无论是飞翔还是停顿，依然保留着云朵的姿态，优雅而轻盈。我看得出，他们是在无声的音乐中舞蹈，而且从表情上知道他们彼此间在交谈（也许随着乐音在歌唱）。他们既然是帕亚马的祖先，也就是说是一群相当古老的精灵，可是我看不到时间在他们那留下的任何痕迹。他们完全是一群孩子，孩子的笑容，孩子的体态，孩子的情绪，孩子们狂欢的画卷。

不知为什么，我隐隐预感到这个夜里不会一直这个样子。他的祖先的这个舞会一定仅仅是个开始，一定会发生一些不同寻常的事。我今天见到的云朵、松鼠和树屋，都是我上次已经见过的，包括帕亚马。一定还有新的角色登场。或许上一次从帕亚马口中诞生的叫岩英雄的人会现身，以活人真人的方式。

方才不见了踪影的帕亚马忽然又出现了。这里的每一棵树都有至少三个人合抱那么粗，每一棵树的背面都是一片很大的阴影。而所有阴影中都藏着不为人知的秘密。

帕亚马说："我刚刚去拜祭了我爸和我妈。"

我说："在历史书里，你是个大英雄。而大英雄通常没有爸爸妈妈，因为大英雄个个顶天立地，天生就不像是有爸有妈，没有哪一对夫妻能生出他们。"

"我不是你说的大英雄，我是我爸我妈的儿子。"

"你肯定不知道耶稣。"

"我不知道。"

"这个耶稣是世界上最有名的人，他有妈妈，他就不是妈妈和妈妈的丈夫生的，他是顶大顶大的英雄。如果妈妈的丈夫是耶稣的爸，他就做不成大英雄了。"

"你说他不是他爸的种吗？"

"他是上帝的种。"

"这个叫上帝的就是他的爸爸，是吗？"

我摇头。我得想想该怎么跟他说。

"我们经常说老天，天哪，或者说老天注定，你明白这个天是什么意思吗？"

"明白。一切都是天安排的，是天说了算。"

"这个上帝就是他们的天。上帝安排一切。"

帕亚马点头："懂了。是上帝决定耶稣的妈妈怀上他。上帝不需要像人那样下种，只要做一个决定就是了。对了，你们还有一个大英雄孙悟空。"

我说："这个孙悟空无所不能，他是从一块石头里蹦出来的。所以他不需要坟山，也没人可拜祭。"

"所以我不是你说的大英雄。"

正是这个才让我觉得奇怪，帕亚马可以率领整个部族渡过澜沧江，可以在数百年里引领僾尼人在西双版纳在泰国老挝缅甸广大的区域落脚生根，可以为了祖宗树与强敌征战，而且可以承认他就是那个帕雅马；但他当真又是个凡夫俗子，有自己的生身父母，喜欢吃肉喝酒，也被人打得遍体鳞伤。搞不懂。搞不懂。

他说："你说过要看祖宗树的。"

我说："当然要看。"

坟山这里的树都大，三个人合抱的树径应该在两米左右。树与树之间的距离都在八步以上。我据此联想祖宗树应该更大。

我想得没错。在经过了二十几重土台之后，忽然有一堵墙将视线完全遮挡了。它就是帕亚马的祖宗树。它实在是太大了，目测的树径足有四五米，举头仰望，完全看不到树冠在哪里，只有黑森森的一片天，完全见不到任何月光和星辉。

我是个读书人，读了一辈子书，所知不可谓不多。我见过这个世界上最大的古树之一，西藏林芝那棵由国家科学院鉴定树龄两千六百多年的柏树王；也在电影电视上见识过号称地球树之最的美国加州的"世界爷"，根部的一个透空的大树洞下小汽车可以通行。可是眼前的祖宗树还是把我彻底震住了。

我呆了好一阵，正所谓呆若木鸡。

现在是深夜，我们无法借助月光星光好好地看它，我甚至不想把一直紧攥在手里的电筒打开。它就在那儿，就在我面前。我的脑子已经彻底不转了。

我已经看到它了。任何细节都不重要，我要做的只是继续留在它面前。我可以闭上眼睛，我真就闭上眼睛，闭上眼睛看它。或者你也可以说，用心在看它。我们通常说用心的时候，说的是想。想它，想象它。这会儿我的脑子压根就不存在，脑子失去了往昔的所有功能价值和意义，有心就够了。

想它。

想象它。

那是一段我无法测度的时间，一瞬，或者一辈子。再睁开眼的时候，帕亚马依旧在我身边。

我说："你说过，两年之前它被人砍了。又说它在被砍断的地方重新长出来。"

帕亚马说："就是。"

我又说："两年时间，它长得和原来一样粗了。"

帕亚马又说："就是。"

"这可能吗？两年长得比两千年还要粗？"

"没有什么不可能的。它两年就长了这么粗，和原来一样粗了。"

他蹲下，用手摸当年被砍伐时树桩的部位。

我能做的也只有照猫画虎。树桩和树干之间的巨大疤痕还在，而且参差不齐的疤痕居然比原来的树径还要大出一圈。看得出来，疤痕之上的树干甚至要略粗于原来的树桩，可见新树的生命力是何等澎湃。

眼见为实，现在我对帕亚马所说的深信不疑。这棵可能是地球上最大的树，居然有两次生命周期。前一次有数千年之久；我面前的这第二次仅区区两年。

我低头捡起一片叶子。在祖宗树的树下，树叶应该就是它的。叶片的大小与寻常的树叶几乎没有区别，叶长十厘米之内，宽也不超过五厘米，不很厚也不算薄。作为南糯山的新居民，我对高大的树种如野板栗和大青树都不陌生。它们通常有超过一米的树径，大约二三十米的高度，树冠的直径也有十米左右，它们个个都是巨人。

我据此推断祖宗树的高度和树冠的覆盖面积，至少都在那些树之上，也许要大出许多。毕竟树干的横截面积至少是那些树的四倍以上（两倍以上的直径，面积肯定大于四倍）。想不明白，那么小的树叶是如何完成如此庞大树身之所需；光合作用真是个了不起的工作，那么小的树叶居然完成了那么大的生命体的能量转换。倘若那树叶的面积再大上十倍，再厚上三倍，我不会有丝毫惊讶，那才符合起码的物理学常识。

上天的伟力令人唯余感慨，再说不出别的。

出于我们习惯的友情和敬意的表达，我提议也去拜祭一下帕亚马的爸爸妈妈。不期遭到他直截了当的拒绝。他说除了他，就再没人知道他们的具体位置。他不要别人知道。我猜那也是对他们的一种保护，以防范可能出现的任何风险。

为了掩饰尴尬，我若无其事地岔开了这个话题。

我说："每个家庭都有一棵大树是吗？"

他说："大树不属于一个家庭，大树一直在那，是每个家庭都找了一棵树落脚。或许可以说，坟山这里的每一棵大树都拥有一个家庭。"

"是树在先，人和家庭在后。是这个意思吗？"

"是的。老辈人说的，祖宗树早就在那里了。天地开了多久，它就存在了多久。"

帕亚马这个说法的神奇之处，在于对不同生命体的存在有了不同的解释。树是植物生命，对人而言，植物生命是相对静态的。植物的静态只是相对而言，因为植物有荣衰周期，而荣衰必然产生一定程度的位移，有位移便有动。虽然那种动是不可见的。格非的一个小说标题说的就是这。《没有人看到草生长》。既然人看不到，人便把不可见的动，误以为是静。所以说植物生命的静态是相对的，相对的静态，是更为精准的说法。

既然相对于人，树是静态的，是为不动。不动即为不变。以不变（的树）应万变（的人及万物），而且是从太初（天地洞开之际）即已如此。

我很想与帕亚马争辩一下，但是我没有。不是碍于脸面，我和他之间不存在脸面问题。

是我对自己自幼便获取的所谓知识缺乏应有的自信。帕亚马的说法与我所接受的以科学为根基的知识系统完全相左，而且他说的并非板上钉钉，并非是镌刻在历史碑铭上的经典或者金科玉律，而只是由他的祖先口口相传而已。但他的说法又言之成理，结实而确凿，并且有诗意。

不想争辩是因为我发现我更喜欢他的诗意的说法。

静下心来想一下，科学的说法和帕亚马的说法，都只是他们各自的说法而已，都不可能被证实。科学的说法列举了几乎无法计数的所谓证据，并且用逻辑链条加以衔接和连缀，看上去密不透风而且充满说服力和可信力。帕亚马则简单而直接，也不存在任何推理和演绎过程。最简单的表述，呈现的则是自信。

我决定诱使他多说一点，多给我一些理解的线索。

"你说天地开了的时候祖宗树就在了。祖宗树又是从哪儿来的？"

"天地可以在，祖宗树为什么不可以？你为什么不问天地又是从哪里来的？"

帕亚马真是厉害。是啊，从古至今人类一直在追问自己是从哪里来的，可是怎么从来没人去追问天地和万物同样的问题？

大团的云朵正在从下面向上弥漫，马上就会将我和帕亚马连同坟山吞没。帕亚马随手拉住一根从上面垂下来的藤条，用力拉断，将一头递给我。

"抓紧。不要撒手。跟在我后面。"

云朵彻底遮蔽了视线。我勉强看得见脚下，跟个瞎子也没什么差别。藤条在前面被拉动，我就这么跟着藤条朝下面走，一直走回到帕亚马的新家。

<h1 style="text-align:center">d</h1>

原始森林加上疾走的云团，这一路就没有完整的一片天可见。帕亚马的新家到了，一切又自不同。

先是最后的那一大片云朵正在向远处遁去，圆月正露出笑脸，从高远处将它的光华洒向我们。新屋门对的方向是坡下，所以面前视线极为开阔。无垠的夜空展开它廓大无边的清朗，一望无际。

我的心情大好。这是中秋前的最后一次月圆。

我动手摘下挂着的肉干，帕亚马也用他的火种点燃了火塘。他依旧喝他的酒，我则耐着性子等着火塘上的茶罐沸腾。

我问他知道不知道孔明灯。他不知道。我告诉他，那是在这一天晚上祭祖先的纸灯笼。那些灯笼被点燃，然后慢慢朝天上飞去，为天上的祖先照路。我的故事是接续上他在坟山对爸爸妈妈的祭拜，我无意中发现这是一个奇妙的巧合，中秋之前的那个满月刚好就是中元节，民间通称为鬼节，他刚好在鬼节拜祭爸妈。

我问他想不想听听我的鬼节的故事。

五年前的鬼节。整整五年前，一天不多一天不少。那个晚上，在海南岛古老的琉川村，我第一次看到传说中的孔明灯。远的，近的，小的，大的，从四面八方向夜空汇聚。举目上眺，人竟仿佛飘浮于星空之中；刚刚升空的那些孔明灯，也如星星一般簇拥在你的前后左右。而且你会有一种幻觉，你自己也成了灿烂星汉当中的一颗。

琉川是我女人的家乡，那是我和她的第一个月圆之日。中元节是她家乡的大日子，她于是邀上我一道回家去看孔明灯。鬼节也是孔明灯的灯节。

她的小侄子那年才九岁。他小小年纪已经是村子里的孔明灯高手。我和她看着男孩像煞有介事地用竹篾扎成一个圆柱结构，又用白土纸将外框围拢，形成一个上下空洞的纸筒；纸筒的底部是交叉的十字，在横与竖的交点上，男孩将浸透了煤油的废布叠了一层又一层，一切就绪。围观的孩子们齐声欢呼。

男孩手持一根干芦苇，表情严肃地在煤油桶中蘸了又蘸，之后将芦苇平伸，等候一个打火机将芦苇点燃。那是一个庄严的时刻。

另一个大人将那个约六十厘米高的圆纸筒侧举起，男孩用手里的小小的芦苇火把伸向十字交点上的油布。油布烧起来了，火焰在纸筒里跳荡，纸筒被照得通红透亮，随即慢慢摇晃着升空了。它走得很稳，朝着西北的方向慢慢上升，再上升，汇入到无数更高更远的孔明灯和无边的星宿之间。

那是一个真正的奇迹。在我是前所未见的奇迹。

我的内心里充满了激动。人类亘古而至今一直在用各自不同的方式祭祖先祭神明祭上天，这一次是我所见到的最为激动人心的一次。

先前的皇帝们造了先农坛，造了地坛天坛，他们会把个人的祭祀变成国家的盛典。他们用炫目的金钱建构了他们所理解的庄严和神圣。我相信皇帝们一定将自己的一片赤诚之心送达了上天。

这个男孩则只用了一张土纸、几根竹篾和些许火油，他同样完成了如此神圣的使命；而且场面更为激动人心，视觉效果也更为直观；一种自下而上的升华，从地面开始直达天穹。

能够看到周边远处一直有孔明灯此起彼伏地升起来，也偶尔会有某一个在或低或高的空中骤然起火，随即如流星一般陨落。我于是知道有许许多多的人都和我们一样，向夜空向上天奉献出虔诚和崇敬。那是一个我今生今世都不可能忘怀的月圆之夜。

彼时彼刻彼情彼景有如昨天。

而今夜是又一番情形，今夜属于帕亚马。我一直以为一生当中有许多记忆都是唯一的，今夜当然是唯一的一个鬼节，可是五年前的鬼节同样是唯一的。我有两个唯一的鬼节，不是不可思议的莫大幸运吗？

我腕上戴着手表。戴手表是我几十年的习惯，我已经离不开对时间的心理依赖。

虽然上了山之后的生活，已经不需要随时掌握时间了；而且每个人随时随地都带着手机，手机的页面上都有时间显示，手表早已经无关紧要了。但我没去除戴手表的习惯，也如许多人随时随地都戴着戒指。所以虽然戴着手表，在这一天里我还是个没时间的人。我没看过一次表。我不再需要随时随地去关心时间。

应该已经很晚很晚了，起码已经到了后半夜。我没有睡意，帕亚马也没有。他已经察觉到了我不想睡。

他说："你见过我的银勺子吧？"

我说："见过。你吃东西的时候从怀里掏出来，吃完了又放回到怀里，那肯定是你的宝贝。"

"它当然是我的宝贝。它是纯银的。你知道吗，我们总是把吃饭的家什随身带着，就像藏族羌族他们把值钱的东西随身带着一样。"

"我知道。藏族把所有家当都挂在脖子上，猫眼石、红珊瑚、绿松石、蜜蜡这些，还把长长的黄金条缠绕到手指上做六圈戒指。游牧民族不喜欢一直住在一个地方，所以他们的宝贝只能随身带着。"

帕亚马说："我们也是。我们也是不住在一个地方的民族。所以我们会把值钱的东西打成吃饭的勺子，金的银的都有，我们就可以随时带在身上。"

我说："金子太贵了，我就没见过金勺子。"

我说没见过是在日常生活当中没见哪个人用金勺子，自古以来那些皇亲国戚达官显贵们当然有金勺子甚至金饭碗，但是这些都是在博物馆里才见得到。一个金勺子至少有几百克重。我年轻的时候（三四十年之前）肯定没有哪个人家里有如此巨量的黄金。那时候在纪录片和电视里看到的大明星，有的会戴上一根粗重的金链子，比如当年的百米世界记录保持者约翰逊。当然了，他是超级明星，也是我们眼里天经地义的有钱人。当年我们会慨叹：太有钱了！

帕亚马说："我就从来没有过金勺子。可是刚拉有过。"

"刚拉是谁？"

"是北岸的头人，也是我的老朋友。"

"你说的这个刚拉很有钱吗？"

帕亚马摇头："金勺子是他家里传下来的，是祖传的宝贝，到他手里不知道有多少代了。他的祖先一直都是头人。"

我说："你说的北岸是澜沧江北岸吗？"

他说："刚拉是北岸最大的头人。他的金勺子很有名，每到嘎汤帕节那一天，他都会把金勺子放在寨门旁边的大石头上，让寨子里的每一个人看看它。别的寨子的人也会专门跑过去看金勺子。"

帕亚马吃东西的时候我留意过他那个银勺子。他人大，他的勺子也比一般的勺子要大，个头介于个人用的小汤勺和共用的大汤勺之间，估计分量至少有三百克。三百克纯银的确是一笔数目不小的财产。

我猜他说的刚拉的金勺子一定也不会小，金的比重比银子大一倍，而且金子的价值通常在银子价值的二十倍的水平上。更重要的是，他说刚拉是他的老朋友；他六百三十七岁，他的老朋友也一定有几百岁了。他还说金勺子是刚拉的祖先传下来的，也许又是几百年，甚至超过千年也说不定。如此大型的金器，在古代的皇室中也堪称稀罕物件。所以这件金勺子还有无可估量的文物价值。金勺子勾起了我的兴趣。

"帕亚马，为什么想起说你的银勺子？而且又想起说这个刚拉的金勺子？"

"你写书，你对我们的事情那么有兴趣……"

"等等，你怎么知道我写书？"

"你是我的朋友，朋友的事情我当然会知道。"

其实我早已经发现帕亚马有未卜先知的能力。说能力不准确，应该是超能力。我告诫自己不要再问。我说我有兴趣，你们跟我们不一样，所以你们的什么事情我都有兴趣。

他说我就知道你有兴趣，你是我朋友，我愿意帮你，你对什么有兴趣，我都可以告诉你。你不问，我不知道你想知道什么，我就想到了刚拉的金勺子，那也是僾尼人的宝贝，是有意思的东西。

我说："就讲讲刚拉的金勺子吧。"

不出我所料，金勺子果然是大几百年以前的传说。

最初的古羌人从北边南下，在云南中部的哀牢山一带落脚。又数百年之后，这一支古羌人已经称自己是雅尼人（就是后来的哈尼族），他们的族群也壮大了许多，开疆拓土也就成了自然而然的事情。一支向东，成就了目前最大的哈尼人群落，就是今天的红河地区。还有一支人数较少的向南，散落在西双版纳和相邻的老挝泰国缅甸一带。这后一支与当地的傣族相生相伴，既是对手又是伙伴。

帕亚马从腰间拿出火种，那就是一枚微露暗红的火炭。他说正是他们腰间的火种冒出的那缕青烟，让最初见到他们的傣族人以为见了鬼。他们（傣族）最初与他们偶遇，便会四散而逃。后来见得多了，如果有人数上的优势，傣族会群起而攻，他们（僾尼人）只有逃上山。

帕亚马说："我们一直是高山民族，我们比傣族更能爬山。后来彼此习惯了，他们在坝子（平原谷地）里，我们就在山上定居了。"

我说："金勺子呢？刚拉的金勺子在哪里？那金勺子应该是所有僾尼人的宝贝。"

"我知道，别的僾尼人也都知道。可是没有一个僾尼人知道金勺子在谁手里。刚拉早就不在了。"

"是他自己藏起来了？"

"不是。他活着的时候金勺子已经不在了。"

"金勺子那么珍贵，很难想象他会把它弄丢了。"

"他当然不会把它弄丢了。金勺子是他的命，他就是丢了命，也不会丢了金勺子。他把它派了用场。"

"派了用场？是卖了还是换成东西了？"

"都不是。是澜沧江让他把金勺子交出去啦。"

"你不是说他把它扔到江里去了吧？"

"怎么可能呢，当然不是。你知道江水很急，也很深，即使会游水的男人也很难游过去。我们没别的办法，一点办法都没有。"

"我们？我们是谁？为什么要过江？"

"我们必须过江，必须到江这边来找活路。我们人多，我们非江不可。我急，刚拉比我还急。"

"不会是刚拉用金勺子把大家渡过来吧？"

"正是！"

"把金勺子打成船，充其量也只能渡一只松鼠。"

"你知道的，傻尼人不会做船。傣族会做，可是指望不上他们。会做船的还有你们，可是你们也不会白白帮傻尼人渡过江去。谁也不会做这种傻事，况且这又是一个赚大钱的机会。你们的人说，可以……"

我说："拿钱来！"

"你们的人就是这么说的。"

"按照常情常理，坐船收钱也是天公地道。是不是他们看你们着急着过江，故意把价钱抬高？"

"抬高不抬高我们也拿不出那么多钱。人太多了！没人拿得出那么多钱。"

"你们有多少人？"

"过江之前每人发过一根草棍，我们想知道有多少人，发了草棍就会知道了。"

"有多少呢？"

"一万两千。"

我大吃一惊："怎么会有那么多？不可能吧。"

"要么就是一千两百。"

"拜托不要那么不靠谱好不好。一万两千和一千两百，一个天上一个地下，怎么可以顺口胡说呢？"

帕亚马脸上的神情告诉我，他是绝对认真的。

"当真是太多的人了。你知道事情已经过去了几百年，我怎么可能记那么清楚？草棍是我亲手发的。"

"现在我知道了。"

"知道什么？"

"金勺子啊。刚拉拿出了金勺子，那些有船的人才同意把你的人摆渡过去。澜沧江为难你们，刚拉用自己的金勺子帮你们过了江。"

帕亚马竖起拇指："你到底是写书的，就像你亲眼看到了一样。"

"后来呢？"

"没有后来。"

"怎么会没有？"

"金勺子成了别人的东西。以后再没有一个傻尼人见过它。傻尼人守信，拿出来就不属于你了。"

"刚拉呢？"

"他留在江那边，从此再没有过江。他知道他弄丢了祖先的宝贝，他没脸再见自己的族人。"

我心有不甘："那个拿了金勺子把你们摆渡过去的汉人呢？你们该把他记住啊。也许有那么一天，金勺子会物归原主。"

他摇头："我们不会关心别人的东西。傻尼人守信，拿出来就不属于你了。"

我说："帕亚马，我不知道金勺子，也没听说过刚拉这个人，你根本没必要跟我讲刚拉和金勺子的故事。况且我也没问过你。"

帕亚马说："你写书，我想你把它写出来。我是唯一见过金勺子的人，我不说出来，金勺子就会烂在我肚里，就再没有人知道金勺子的事。你会写吗？"

我说："我想我会。可是我没见过那勺子，我想知道它有多大，是什么样子，是不是有什么印记，比如刚拉和他家族的印记。"

帕亚马说："这个我可以帮你，我可以把它画出来。我清清楚楚记得它的形状，它上面的花纹。我也记得刚拉给我看它的时候，它还带着刚拉手上的温度，还有它在我手上的分量。我可以仔细画出来给你。"

他的话真是莫大的意外之喜。也就是说，他可以不差分毫地用纸笔复原出金勺子本来的样子，当然只除了重量和质感。

更让我惊讶的是，他居然备有用构树皮浆自制的土纸和用神秘矿物研磨而成的粉状颜料。帕亚马自己动手，加水将颜色调好（近赭石色）；之后将竹篾条的顶端削细，并且从当中切出一条缝，一支以传统方法制作的硬质水笔（类似于早些年常用的蘸水钢笔）便呈现在我的眼前。笔有了，墨水也有了，画匠（帕亚马）也在，所谓万事俱备，就等着金勺子的草图摹本跃然纸上了。

他画得很快，看来是胸有成竹。

谁能相信深藏了数百年的只一瞬间经手的一个手工制作的神物，竟会如此清晰地被一双指头极其粗大且满是皲裂的男人之手，纤毫毕现地描摹重现。

这完全是一个无法复制的奇迹，不是亲眼所见，我绝对无法想象它是这样轻而易举就完成了的。

勺子柄上有明显的纹饰图案，有藤和叶子，也有一个纹章式样的图形。也许是他们的图腾，或者制作工匠自己的纹样。它有大约二十厘米长。

如此清晰而又详尽的图样，加上我的极敏感极细微的想象力，刚拉的金勺子被再现了。

它就在我的手里，既有形状（长度和宽度、厚度），又有质感（表面光滑，软硬度适中，而且沉甸甸的），甚至有颜色和光泽（真金的颜色和光泽）。

我告诉帕亚马，凭着他的画图，我们完全可以复制出刚拉的金勺子。或者复制一模一样的银勺子。

帕亚马原本专注的脸上露出明显的迟疑。

"那要很多钱吧？"

我点头："非常多的钱。银勺子要少许多。"

帕亚马又说："我怎么没想到这个。如果想到了，我该把我的银勺子做成金勺子的样子。"

"那样的话，你每天都会看到它，都会想起刚拉的金勺子。虽然它不在了，可是你每天想到它，它就会一直在你心里。"

"虽然它不在了可是它又在了，在心里也是在。"

帕亚马的这句话说得真是好。在心里也是在。在心里正是所谓不朽。不朽的雷锋正是因为人不在了但是在人民的心里。刚拉的金勺子不朽！

我在心里迅速地做了一道算术题。预估金勺子的重量七百克上下，时价不超过二十万。

我当下正打算换车，得，车不换了，换个刚拉的勺子吧。你别笑我，我是汉人，汉人都贪心，谁让我是汉人呢。而且我已经入了傈尼人的寨子，是傈尼山寨的一分子，拥有一份属于傈尼人最珍视的宝贝，这个念头令我激动不已。

等等，想拥有这份宝贝，还有一个关键的细节。

我说："帕亚马，这幅画可以送给我吗？"

他说："我就是给你画的，它已经是你的了。"

我说："现在就是你自己想得到它，也必须要得到我的同意才行，是吧？傻尼人守信，拿出来就不属于你了。是吧？"

帕亚马笑了："你太紧张了。画是你的，你想做什么就做什么。只是做好了一定要让我看看。"

这就是我的悲哀，我任何一个念头都逃不过他的法眼。若想人不知，除非己莫为。我只有不动任何念头，才不会被他窥破戳破。

我说："不但让你看，嘎汤帕节那一天，我也要摆出来让寨子里的人看，让别的傻尼寨子都来看。"

"你要记得你说的话。"

"放心吧，男子汉大丈夫吐唾沫成钉。"

二

刚拉的金勺子成了我魂牵梦萦的心事。

女人原本就对我换车不是很支持，因为原来的小车没有大的毛病，坚持开上三几年应该不是问题。不换车了，她不反对。但是要把这么大一笔钱换成一大坨黄金，她也不是很赞同。在她看来，现在不是买金的好时机，因为金价一直在跌，即人们所说的处于下行通道。她认为现在远不是谷底，买进就会赔钱。

我说这不是投资，不是要赚钱，做一柄金勺子是我的梦想。我想实现这个梦想。我之所以敢对女人说实话，是因为一直以来她都是那个最在乎我的人，我的愿望我的需求在她眼里总会是这个世界最要紧的事。但我不知道我的

姑娘寨

梦想是不是也在其中。

没有惊喜或沮丧，女人没反对但也没支持。她好久没说话，最后只淡淡地丢下两个字。

"随你。"

对于从来都以你为重的你自己的女人，你对她这样的一种态度该怎么面对呢？

你说得不错，撂下，先把它撂下。

我不想让我女人不开心，我同样不想放弃金勺子的念头。我已经看出女人不开心了，而我的念头正是元凶。念头不肯撤退，女人的不开心同样令我心堵，两难推理，人们所说的悖论是也。

所有那些你一时纠结的难题，你再纠结也没有一个两全之策。你若冰雪聪明，就别跟自己过不去，撂下它，当它是臭狗屎不理它。时间的魔力会让它自己生长出解决之道。我就是这么做的。

自驾游跑一趟老泰缅是拟议已久的一次家庭派对，终于可以成行了。虚公他们已经跑过几趟，他每次都会带回几件泰国的柚木家具，很让我眼热。我一直喜欢木头，各种各样好木头我都喜欢。景洪红木一条街是我去的次数最多的一条街。我以为泰国的柚木家具是世界上最有味道的家具，去泰国我已经期待已久了。

买柚木家具的故事不在眼下这个故事之内，不提。

整个东南亚都是金碧辉煌的国度，尤以泰国为最。他们喜欢黄金，喜欢黄金的颜色和色泽。我猜张艺谋的《满城尽带黄金甲》的灵感一定是来自泰国，一个金灿灿的国家。

其实先前我对金子相对麻木，而且有几分敌视。因为它跟我所憎恶的金钱几乎是同义词。蔑视钱和嘲笑有钱人，成了我们这些无钱阶级的娱乐和习惯。当约翰逊因为被查出兴奋剂而被取消世界纪录的时候，我当真很幸灾乐祸，谁让他在赛场上总是炫耀他脖子上那根又粗又重的金项链呢。

　　可是现在不同了，我心里藏了一个金勺子，刚拉的金勺子。它的光泽，它的颜色，让我感觉到了前所未有的美。在我眼里，美感和诗意是同一的，金勺子的形状、造型、质感、颜色、光泽这些无不充满了诗意。

　　它美极了。

　　也是因了它的缘故，泰国的那些闪烁着金光的建筑忽然熠熠生辉。泰国人脸上的笑容也随着身上的那些金饰的映衬而愈发灿烂。

　　结婚这么多年了，我再没和女人逛过金店，没给女人添一件金首饰，内心忽然生出了歉然。于是我主动提议进金店转转，女人反倒不怎么上心，说出来时没有这方面的预算。

　　女人一直很节省，尤其不肯在自己身上花钱。跟她一道出街，给她买东西，总会被她搅黄。所以我打算给她买什么的话，便不再约她一道，而是一个人独自行动，看好了就买。

　　这次说好了，我要送她一件结婚五周年的礼物，她自己挑。看好了什么就买什么，不考虑价钱。我的后面一句话等于白说，她不可能不考虑价钱。尽管那是一家最大的金店，店里的货色成千上万，且与国内的首饰千差万别。

但她最终只选了一条细细的链子，哪家金店都有的，重量仅仅八克。这就是她。

礼物买好了。可是接下来的几天她竟迷上了逛金店，似乎对别的店铺一下失去了兴趣。我起初以为她还有再添一件首饰的念头，便随她去。我和她商定，她转她的，我转我的。儿子愿意跟谁就跟谁。

我把更多的时间放在那些家具店和木器店里。我对木器上的铸铁配饰发生了浓厚的兴趣，那些木器和家具分明是新的，可是那些铸铁配饰却似乎相当古老，是那种有包浆的质感，仿佛岁月在其上留下的痕迹。我出入一家又一家店铺，也选中了其中几件东西，准备在回程的那一天再买下装车。

尽管已经改变了对黄金的偏见，但我的兴趣依然停留在那些最日常的材质上，木头、铁、石头这些。传统的泰国工匠在这个领域个个都是大师，正如尼泊尔人和印度人是铜器、铜件的大师一样。

对于我们这样的工薪阶层，任何事情都事先有一个预算，她有她的，我有我的。也许数目不是很具体，但大概的范围是不会超出的。我此行的预算是八千，我不清楚她的，她的预算不只是自己，也包括儿子。经过不算复杂的计算，我知道我没超支。当然我还没进入支出的阶段。我说了，启程的那天我才会去买。

动身以前我们就知道，老挝有一段路不太好，所以出来开的是皮卡车。轿车走烂路会有诸多不便。皮卡车的另一个好处是有个小小的货厢，货厢会给出国购物的想象以一点小小的空间。

现在儿子的运气来了，女人看中了一个木马，如果开轿车，女人就不会动木马的念头。

泰国的东西总括起来比国内要便宜些，这也是为什么版纳州以至于全云南，各类泰国商品店随处可见。木马是柚木的，而且有看上去很舒服的色漆，它们的颜色跟我们的有明显差别，我个人更喜欢它们的颜色。而老婆显然更注意它们的价格，付款的时候她没犹豫。

我没告诉她，我在景洪泰国街里看到过一模一样的木马，我看的时候她根本没在意。或者她在意了，只是价格太高不合她的意，所以她做不在意状。毕竟店主是中国人，人家大老远从泰国捣腾回来，运输成本不说，人家总要赚钱，而且总想多赚一点，价格高出一倍两倍也属正常。现在是老婆注意到它，并且毫不犹豫地买下。她当然知道货厢再小也装得下它。

我看中的那几样东西都不比木马大。我把它们用心安置在木马的周遭，用纸板做了必要的保护性间隔，我要力保它们彼此之间不发生晃动性碰撞。临出门前我没忘了带一块经编布做雨棚，扎紧四角，牢牢罩住这些即将从泰国带走的宝贝。

其实此行印象最好的是缅甸。缅甸不如泰国发达。但是自打生病以来，我的兴趣已经慢慢从城市转向乡村，而缅甸的乡村无疑更质朴，更有原始的韵味。老泰缅都属传统的南传佛教区域，乡间的建筑无不带有小乘佛教的印记，尤其是那些古老荒疏且已经露出残垣颓壁之象的建筑格外令我倾心。

我想象，不在此行范围之内的柬埔寨一定也是这种

姑
娘
寨

情形，所有去过吴哥窟的人都对柬埔寨赞不绝口。我猜这里的老旧建筑一定也有类似的味道，虽然也许没它那么古老。我一定会再来缅甸，也包括柬埔寨。

我们从西边的瑞丽出境，多数时间在清迈朗勃拉邦逗留，最后途经琅勃拉邦，从磨憨口岸入境回来，一家三口一行历经三国共七日。美哉，乐哉，幸哉。

从磨憨回南糯山有大约四个小时的车程，那是一段令我开心的旅程。因为女人告诉我她也有礼物，我们结婚五周年的礼物。

起初我以为是另外一件金饰，因为她在清迈时逛得最多的是金店。这么想的时候，我有一点沮丧，因为我当真不喜欢身上有任何意义的金饰，那是从小就建立起来的审美理念。我只有在博物馆的橱窗里看到的黄金器物才觉得美，要隔了一层玻璃才能体会到它的美感。而戴在身上的任何黄金都让我联想到钱。

当然，我知道这个故事的结尾有点矫情。可事实如此，我不想人为地改变事情的真实状况。其实我和你们，讲这故事的人和听的人心里都很清楚，我女人的礼物一定不会是首饰，一定是那个已经讲了太久的金勺子。当然是金勺子。

我先前的卖关子让我显得很蠢，我在这里心怀一片挚诚向你们道歉。我没有把你们当成弱智或者傻瓜，但我又没办法做出改变。

女人有女人的解释，在我看来她的解释入情入理。

女人说："本来打算在国内订制。后来我在网上知道泰国的价格比国内低，就打定主意在泰国做。而且那里的工艺绝不比版纳的工艺差。你看，工艺真的非常好。"

我说："我在开车，怎么看？"

她说："回去再看也不迟。你猜多少钱？"

"十七万。"

"再猜！"

"十五万？"

"再猜一次。"

她的口气让我大概知道了价格。

我说："十三万五。"

她说："你怎么会猜得那么准？"

我说："我上次一刀砍下来两万，如果你说再猜，一定是在十三万之下。可你说的是再猜一次，我就知道差的已经不足两万了，是十三万五吗？"

女人有气无力："什么都瞒不过你。"

"你压根就没想瞒我。"

女人又说："同样的重量比国内少三万多呢。"

我说："我当然知道。我第一次猜十七万，就是依照时下的金价。"

"我算过，比国内整整便宜了21.7%。"

"老婆真是厉害，等于一下子赚回了三万多。"

"你少拍马屁。一下子花那么多钱，你知道我多心疼？心疼死了。哎，你就不想知道勺子怎么做的？"

"当然想知道。可是我已经知道了。"

"你知道了？怎么可能呢？"

"怎么不可能，你什么事情瞒得过我？"

"你必须告诉我你是怎么知道的。"

"报告老婆大人，刚才你开车的时候，你让我帮你拿手机。我在你包里发现了金勺子的那张画。我先还奇怪，画怎么会在你手里，它明明被我夹在画册当中。我马上发现你的这一张是复印的，因为原来的那张用的是土纸。不过我当时没明白你复印它做什么，你说你有礼物送我的时候，我恍然大悟。报告完毕。"

　　"你就知道贫！"

　　儿子插上话："爸爸就知道贫。"

　　我说："我在你包里没看到金勺子啊。"

　　女人很得意："你以为我那么笨啊，叫你发现了我多没面子。再说了，它那么贵重，我怎么敢随随便便放到包里。它一直在我身上，打从我拿到它，它就一直没离开过我。不瞒你说，开始我还担心订制的时间会长，没想到他们一天就交货了。所以它在我身上已经足足三天。你够笨的，三天你都没发现。"

　　女人说得不错，是够笨的。金勺子的故事讲完了。

第四章

逆天的猴王葬礼

一

贝玛没告诉别样吾爷爷祖先是什么模样。他怕吓着老人家。虽然老人家熟悉他爷爷，但他相信老人家一定不熟悉祖先的样子。

老人家一定以为祖先也是人，其实不是。也许祖先活着的时候是，但是祖先早就没了肉身，留下的只是魂魄，所以祖先保留下来的只有一张脸而已；每一个祖先都只是一个云朵，一个有着人脸模样的云朵。

别样吾爷爷的样子，让他觉得似曾相识。贝玛可以肯定自己从没见过他，从没见过的人，怎么可能似曾相识呢？但他的确有似曾相识的感觉。

对了，那么多祖先跟他一起玩闹的时候，有一张脸就是这副模样！找到了方向，贝玛的脑子会很快将那张脸定格。他很早就发现自己有一种极特殊的本领，但凡他见过的，只要他聚精会神去想，那个影像便会被强调出来，在他的脑海中清晰，再清晰。他能够抓住自己记忆当中任何一个东西，哪怕它已经很模糊，他还是能把它们找出来，并且紧紧抓住。

那张与别样吾爷爷相似的脸，就这样被他挖出来，抓住了。它比别样吾爷爷要年轻很多。或许那是他的儿子？不对，它是祖先，也许反过来，别样吾是它的儿子？不，它太年轻了，它更像是别样吾的儿子。

贝玛先前没问别样吾的家人，但从对话里知道他有四个孙子（而且有两个已经买了汽车）。他是爷爷的朋友，他的年纪至少应该和爷爷差不多。那么大年纪的人，即使有儿子死了也没什么奇怪。

如果别样吾爷爷的儿子死了，那么他儿子的魂魄也一定会加入到祖先的队伍中来。贝玛这样认定。

这个晚上贝玛果然又见到了那些祖先。

那是一支庞大的队伍，谁也搞不清楚他们有几百几千人。他们都是些舞蹈高手，他们的舞台就在月亮之下，在那些高低错落的乔木灌木和荒草之中。他们的音乐是无声的，每一个人都有属于自己的单曲，所以他们的舞蹈并不整齐划一，而是每一个舞者跳着自己的舞步，有自己的节奏和韵律。

贝玛与往日不同，他没心情与每一个相遇的祖先打招呼，今天他有自己的目标和焦点。

他运气很好。他一直运气不错，总会心想事成。他和那个祖先遭遇了，它就是他的目标，他在这个夜里的焦点。它比别样吾爷爷的脸圆一点、腴润一点，也就是说当真要年轻。但是脸上的每一条笑纹、眼角的每一条皱褶都分毫不差，只不过要淡一些、浅一些。贝玛相信那只是年龄本身的魔术而已。

他决定与这位祖先搭话。他没把握它会不会应允。

他说："我今天见过一个中寨的人。"

它说："中寨也是我的家。"

他说："那个人跟你长得很像。"

它说："那也许就是我的后人。"

"可是他比你年纪大得多，他很老了。"

"后人的年龄大小也没什么关系。"

"我是说，有些时候儿子会死在阿爸前面。"

"你说的不是我。我死了整两百年了，我阿爸算是长寿，也死了两百十七年。"

"也许你说得对，那个很老的人是你的后人。他虽然很老了，但他还活着。他一定是你的后人。"

"我对我的后人没兴趣。他那么小，我从来没见过他，对我来说他根本不存在。"

"你的话令人心寒，谁会不关心自己的后代呢？"

"人会关心自己的孩子，孩子的孩子如果看到了也会关心，差不多到此为止了。孙子的孙子已经跟你没一点关系了。你想想是不是这个道理。"

"祖先，我想问问，你的后人，那个年龄很大的人，他忽然找到我，说要见我一面，可是为什么呢？"

"你的问题是他的，他应该告诉你。"

"他说他是我爷爷的朋友。可是我不懂，我爷爷的朋友来见我有什么意义呢？"

"跟你一块玩呗。你不是也跟我一块玩吗？"

"对了，我还想问，你曾经是祭司吗？"

"我是，曾经是。活着的时候我不知道，当祭司一点也不好玩。你活着不是为了自己，全是为了别人。"

"你的那个后人也是祭司，他叫别样吾。对了，你记

姑
娘
寨

得自己的名字吗？还有儿子的名字孙子的名字？”

“我叫尊盘风，儿子叫风西丙，孙子叫西丙亥。孙子还有个儿子我也见到了，我活了七十四岁。”

“西丙亥的儿子呢，他叫什么？”

“好像叫……叫什么来着，我不记得了。”

“是不是叫亥别样？”

“亥，别，样，就是亥别样。”

“这就对了。这个老人家是亥别样的儿子，叫别样吾，正是你孙子的孙子。”

“尽管你想方设法把这个人跟我扯上关系，我还是没一点兴趣。我先已经跟你说过，孙子的孙子已经跟你没一点关系了。这样的话题一点也不好玩。”

“祖先，我知道我让你烦了。你别生我的气，有些事情我不懂，后人不懂的事情问祖先不应该吗？”

“应该。我只是不喜欢你绕来绕去。你不用将某一个人一定跟我扯上关系，有什么你尽管问。”

“祖先和我们后人究竟是怎么回事？别人的祖先也会是我的祖先吗？或者反过来说，我的祖先也是别人的祖先吗？”

“你这句话可以反复说，可以正着说，也可以倒过来说，结果都是一样的。我们是祖先，你们是后人，是谁的祖先或者是谁的后人，又有什么关系呢？”

“还有一个问题。我还活着，而且我随时随地会见到祖先，这一点别的活人都做不到。我的问题是，一个祭司忽然来找我这样一个人，为什么呢？”

“你把我难住了，我一下子没办法回答你。但是答案我好像知道，可我不知道我把那个答案放到什么地方去了。我需要找到那个答案，才能回答你。"

居然还有祖先回答不出的问题，贝玛绝想不到。也不怪他自己想不出别样吾为什么来见他，原来这是个很难的难题。得出这样的结论让贝玛松了一口气。

祖先在贝玛的心里无异于神仙。依照他对神仙的理解，应该没有什么问题是神仙回答不了的。在知道了尊盘风的年龄之后，贝玛已经将他划到了老神仙的行列。连老神仙都回答不了的问题，那一定是一个天大的难题。而天大的难题居然是他提出来的，令他对自己肃然起敬。

爷爷就曾经说过，聪明的男人要会提问题，提的问题越难，提问题的人就越聪明。

贝玛还是不信自己的问题有那么难（自己有那么聪明），他假设尊盘风的年龄太大而记忆力下降，只是一时忘了答案而已。也许明天再见面，尊盘风就找到了答案，这个悬念不用等很久，明天入夜就可以见分晓。当中只间隔一个白天。

由于两个人都在主动找对方，贝玛和尊盘风在第一时间又见面了。尊盘风显得比贝玛更急切。

尊盘风说："小子，我有一个故事讲给你听。"

二

你知道的，南糯山是个好地方。这里夏天不热，冬天也不冷。南糯山上到处是泉水，到处是参天古木，到处是茶园，有各种各样的动物，还有我们僾尼人。

僾尼人到南糯山也有几百年了。我们和山上的森林成了朋友，我们照料那些茶园，我们的朋友还有那些动物。我们从遥远的寒冷的孤独的北方过来，这里对我们来说就像天堂一样。我们僾尼人已经把这里当作自己的家园。

当然我们不清楚，祖先当年是怎么在山上落脚的。听说这里原本是布朗人的地方，山前山后的那么多大片茶园都是布朗先民种下的，种茶原本就是布朗人的传统。我们不知道僾尼人的先民与布朗人的先民之间发生了什么，是布朗先民先行离开了，还是僾尼先民用武力赶走了布朗先民。

僾尼人没有自己的文字，布朗人也没有，所以没有文字记载，南糯山在几百年前发生了什么。是一场战争，还是一个种族的迁徙，之后是另一个种族的迁入？

南糯山最早的寨子应该是石头寨。我懂事的时候，石头寨有三十几户人家，除一户之外是清一色的僾尼人。那一户人家在寨子最高的地方，他家里有一眼山泉水，有胳膊那么粗的水柱一直流个不停。那户人家的下面有一个水塘，周围都是他们自己的大茶树。他们是整个南糯山仅有的布朗人。他们不和僾尼人来往。

中寨在石头寨下面，我的家在中寨。我阿爸是南糯山的祭司，阿爸的阿爸也是。

很奇怪，中寨世代不出巫师。巫师总是出现在山上的石头寨和半坡寨。半坡寨在东面，石头寨在西面，石头寨比半坡寨要高许多，巫师也出得更多。

山上的人家遇到了问题，首先找的就是祭司，再由祭司去联络巫师，共同为遇到问题的人家解决疑难。为什么巫师都出在山上而不出在半山？我小的时候问过阿爸。阿爸说可能是山上离太阳更近吧。阿爸说得不是很肯定，但我更愿意接受他的说法。离太阳更近。

你一定听说过《雅尼让》。就是我们俙尼人的法典。你知道我们俙尼人没有文字，《雅尼让》就是通过祭司的家庭传承下来的。父亲传给儿子，儿子再传给自己的儿子。那种传授是口对口的，父亲要先背下来，再一字不错地教给儿子，儿子也要背下来，就以这样的方式往下传。我们做什么事情都必得按照《雅尼让》的规定，一定不能出错，一定不可以随意改变。

祭司的问题在于，他自己见不到祖先。遇上了《雅尼让》没有提到的难题，祭司要向祖先请示。因为祭司自己见不到，所以他要通过巫师才行。没有巫师，祭司便没有办法得到祖先的指示。所以巫师是祭司的搭档，祭司同时也是巫师的搭档。

你知道，俙尼人遇到的最大难题就是死亡。据说死亡也是世界性的难题。据说在非常遥远的西边，有个叫莎士比亚的智者就提出过死亡的问题，他说的是，活着还是死去，这是个问题。每个人都活着，或者曾经活过，所以活着算不上是一个问题。但是死去不同，对活人来说，死亡比任何问题都更大。

俙尼人活着的时候，不管他们在什么地方落脚，他们都要先考虑死后的归宿，所以第一步要做的就是找坟山。坟山不只是自己死亡之后的归宿，也是让祖先落脚的地方。我们俙尼人不供神不供佛，我们关心的只有祖先。所以做了祖先以后，俙尼人很开心。

就像我现在这样，我早已是个祖先了。

《雅尼让》里记载最多的内容都是关于死亡的。《雅

姑
娘
寨

尼让》的出现比西边那个叫莎士比亚的早得多，可以说我们傻尼人是世界上最早关心死亡问题的；我们甚至比东边的汉人对死亡问题关心得还要多，他们也没有一部主要论述死亡的法典。

如何寻找坟山，如何分派在坟山中的位置，如何为死者做独木棺，如何组织送丧的队伍，如何送往坟山，如何掩埋，凡此种种，在《雅尼让》中都有详尽记载。一个称职的祭司必得熟悉所有的这些细节，因为寨子里除他以外，没有任何人掌握所有的知识。

你别以为我是在自夸，我只是在告诉你一个祭司的能力和职责。祭司的知识同时也是他的能力。

而他的职责是帮助所有需要帮助的人。他在人们需要他的时候，一定要站在他们面前。他要指挥每个人的位置，指导每个人做他们各自该做的事。所以他光有知识还不行，光能够背诵《雅尼让》还不行，他对各种难题都必须有现场经验，不然便是徒有虚名。

可是许多事情是老天安排的，人的愿望往往被老天置之不理。

我做祭司的时候，年纪已经很大了，因为我阿爸也是个高寿的人，他活了七十九岁。前面我说过，他比我早死了十七年。做祭司的时候我五十七岁，换一种说法，我做了十七年的祭司。

虽然明知道日后要继承家族的传统，但我已经习惯了阿爸活着，我从未设想过他有一天也会死。虽然早已经将《雅尼让》烂熟于心，但我其实对当祭司没做经验方面的丝毫准备。我只是在少年时期跟在阿爸的身后去过几次坟山，成年以后就没再去过。

那些年里风调雨顺，国泰民安，那时候的人活得越来越久。阿爸最后一次送人去坟山是他七十七岁那年。说出来也许没人会信，在接下来的十八年里，南糯山上的几个寨子竟没有一个夭折的人。也就是说，我当祭司的十六年里从没实践过送人去坟山的职责。

这种事情先前从未发生过。正常年景，一年送走三五个人是常情常理；也有一整年没一个人死亡的时候，但是连续这么多年没有死者的情形相当怪异。

我已经过七十岁了，我知道自己的时间不多了。

有一种想象令我的心充满恐惧，也许我的祭司生涯连一次送死人的机会都没有！那样的话，又如何将祭司的职责连同能力传授给下一位祭司（我的长子）呢？连我自己都没主持过送别亡人的大典。这对一个祭司来说是一个天大的耻辱啊。

七十三岁的那年我做了一个逆天的决定。

我不能够容忍，在做祭司的十六年里我错过了最重要的祭送亡人的机会，那样我会成为下一任祭司（我儿子）心中的笑柄，那样不行。

我决定自己完成一次祭送亡人的大典。毕竟我精熟《雅尼让》，毕竟我还有少年时期跟随老祭司（我阿爸）送丧的记忆，我相信有这两方面的帮助，我一定能成功地完成一次我这一生最重要的祭典。而且我一定带上未来的小祭司，让他从自己阿爸那里学到第一手经验，并且把这经验传诸后世。

我知道你心里会有疑问，因为你一定听得出来，这中

姑
娘
寨

间缺了一个至关重要的环节。要主持一场盛大的祭送亡人的典礼，有仪规（《雅尼让》），有主持人（祭司），有共同参与者（各个寨子的村民），可是唯独缺了死者。缺了主角的戏剧该如何开场呢？

这就是我的难题。我必得找到一个主角，我必得找到一个死者。所以我说这是一个逆天的决定。

三

在距今天二百七十五年前的南糯山上，就曾出现过这样一位被玄想折磨到疯狂的老祭司。他已经七十三岁，已经做了整整十六年祭司，他的身份是父亲传给他的。父亲传给他的仅仅是一个祭司身份，因为他没有机会去行使作为祭司的最重要职责。他没主持过祭典。

他不堪忍受这一点，这会让他在之后的新祭司那里丧失颜面。

还不止于此，作为一个负责任的祭司，他更为担心的是，祭典中那些现场指挥的种种细节，会因为缺失传承链条而丢失。那些细节都是祭司的看家本领，之后的新祭司没有学到，也就意味着那种种的细节永远失去了。无论如何这都是罪过，是当值祭司的罪过，是祭司家族的罪过。这样的罪过是不可原谅的。

他叫尊盘风，南糯山的当值祭司。

这个世界上的事情就是这么奇奇怪怪。前辈祭司的高寿加上风调雨顺的好年景，连续十六年无一人过世的盛世，反倒造就了祭司的两难困境。老天开眼，让所有人都过得好；可是老天又不开眼，唯独让一位已在耄耋之年的祭司为难，让他不能够完成上天赋予他的职责。自相矛盾的老天啊！

现在他要铤而走险了。他既要传承《雅尼让》，又要传承祭司的职责和传统，传承是他无可推卸的责任，也是他的天职，他只有铤而走险。他要做一次祭典，一次完美无缺的祭典。哪怕无中生有去找一个亡者，他也在所不惜。

不要为他担心。他不至于愚蠢到要去杀一个人。他是優尼人，是这个世界上最温和最有包容心的優尼人；一个優尼人绝不会因为任何需要去杀人。哪怕是他必须要找到一个死者，他也绝不会动杀人的念头。

必得找到一位死者。这样的前提让人不寒而栗。

他自己不会去杀人，又没人自然死亡，怎么办呢？总不至于找一个杀人的人去解决这个难题吧。找人杀人其实与自己杀人没有什么不同，在法律上和道义上它同样得承受杀人的后果。而且有必要在这里申明的是，这不是个杀人的故事，不用期待有杀人的事件发生。想听杀人的故事，下一次再满足你。

優尼人有种与生俱来的天性，就是对所有生命的爱意。他们原就生活在大山之上，世代与各种各样的动物相生相伴。因为生计的需要，他们偶尔也会狩猎，正如人类之间偶尔也会有争斗有战争一样。狩猎和战争是偶发事件，而和平共处则是常态。

所以優尼人的村寨附近，你会经常看到各种野生动物的身影。野猪、麂子、花豹、猕猴、黑熊这些大家伙，在四五十年前的南糯山上随处可见，许多老年人都有亲身遭遇它们的经历。倒退二百七十五年，当年的情形可想而知。

你猜对了，这就是老祭司尊盘风的主意。好年景里很少死人，但是总会有大动物因为各种各样的意外而殒殁。他打的就是找替身的主意。

有一只黑熊经常骚扰村民，偶尔会去偷一只家猪解馋，于是它上了村长的黑名单，大家开会决定杀死这个坏蛋。几个猎户围追堵截，最终让黑熊一箭毙命。

尊盘风首先想到的是它。

这种事情他不能够跟别人商量，他只能一个人在心里盘算，盘算清楚了他才会说出来。而且他的话就是最后的决定，不但别人不能够推翻，就连自己也不能。所以对他来说，盘算清楚了才是第一步。

他马上发现了问题。

僾尼人的传统，人上了年纪要有所准备，所以老年人都有目标，那就是一棵可以做独木棺的古木。

要送丧前提是有一具遗体，没有遗体何来送丧？现在遗体有了，可是它太大，有三四个成人那么大。

那么盛放遗体的独木棺就成了难题，去哪里寻找那么大的一棵古木呢？而且即使找到了，做成了棺椁，要多少人才能抬得动呢？坟山离寨子下面有两公里，都是一脚宽的路，而且陡峭嶙峋。如此巨大的棺椁，怎么才能运送到坟山呢？

问题还不止于此，上面的难题解决不了，需要考虑的便是如何化解。首先一个可能是分尸。别的民族有专门葬骨骸的传统，但是僾尼人没有。极少的民族有只葬头颅的传统，但是傻尼人没有。没有哪一个民族会截去尸身的四肢只葬躯干，也没有哪一个种族只葬尸体的某一个局部，因为任何一个局部都只是一堆骨肉，已经不是一具遗体了。

盘算到了这一步，等于是走进了死胡同。此路不通。以黑熊做替身的计划就此搁浅。

尊盘风不是没有考虑过，毕竟祭典需要一具遗体和一副棺椁。无论是麂子还是花豹或野猪，它们的身体形状都不适于装进棺椁，它们都不是理想的替身。循着这个思路往下想，最理想的替身莫过于猕猴了。

问题在于猴子在树上，能捕获它的天敌只有花豹。但是山上的花豹数量甚少，人们几乎几年也难得见到一只。还有就是，即使老天遣一只花豹过来，刚好花豹有幸捕到了一只猴子，花豹会卑躬屈膝将自己的猎物奉送给尊盘风吗？想靠花豹来奉献猴子遗体，无异于与虎谋皮。苍天啊大地啊，谁来帮帮已经无计可施的老祭司尊盘风呢？

猴子是傻尼人的老朋友，没有一个傻尼人会无缘无故射杀一只猴子，哪怕那猴子曾经偷吃过家里的蔬果。蔬果毕竟是自己种的，采摘下来生命就停止了。猴子吃蔬果算不上罪孽。所以尊盘风也不可能因为需要一具猴子的遗体，就去猎杀（或者委托他人猎杀）猴子。他还是想不出任何办法去获得猴子的遗体。

况且猴子也不是好惹的，有不止一个猎户亲眼看到过群猴与黑熊的激战。黑熊试图捕获猴子，猴子不但不畏惧，还群起而攻之。有的猴子会借着垂藤在黑熊的面前凌空划过，还挥舞着长臂利爪恐吓入侵者，令黑熊极为恼怒；更有胆大的甚至骑到黑熊脑后的背部，用利爪撕破黑熊的脸。

猴子也不是任人宰割的小动物，绝不可以轻视。

不消说，尊盘风尽管做出了逆天的决定，其实还是没能解决根本问题——一具可以供他做祭典的遗体。

有道是天无绝人之路，所谓老天饿不死一只鸟。正当尊盘风一筹莫展之际，一个村民在中寨竜巴门西斜坡上发现了那只死去的老猴子。几个村民都认得它，它是这里的猴王，至少活了二十多岁。

猴王是猴子世界的统领，它的意外死亡应该是猴子世界里的头号新闻。但是猴子世界里的游戏规则我们不熟悉，我们无法知道它们是否会对它的死因进行调查，无法知道这是一次自然死亡还是一场谋杀，无法知道它的死会对猴子世界的政局产生怎样的影响。

两个世界互不相通。这也给了两个世界里各自的成员以绝对充足的彼此冷漠的理由。

老猴王独自永远沉睡在陡坡上，没有别的猴子来为它收尸，更没有一场隆重而哀恸的葬礼。我们不用去责备它们，它们自有自己的规则。

这个意外事件也可以有一种喜剧化的理解，猴子自己不为它们的亡者厚葬，或许人类可以去帮忙弥补这个过失。尊盘风诚心诚意感谢上天给了他机会。

猴王是个老者，它的身量也不比一个老年人大，找一副普通尺寸的棺椁，应该不是一件难事。祭司自家的林子里完全可以找得到。

而且猴子与人有太多的相似之处。也难怪西边那个莎士比亚的乡邻达尔文，误以为人就是从猴子变过来的。看看它那双同样有五个指头的手，看看它那张眼睛、鼻子和嘴处在同一平面上的脸庞，看看它的躯干和连接在躯干上的四肢，它都太像人了。不是达尔文牵强附会，毕竟有五个指头并且可以抓握东西的，只有猴、猿和人。把他们混为一谈是再容易不过的事情了。达尔文的愚蠢也不是不可以原谅。

在尊盘风长长的一生中，他一直是个聪明绝顶的家伙。如果不是老祭司长寿，尊盘风一定会在自己生命当中去扮演一个非凡的角色。阿爸的长寿将这种可能性一天一天地扼杀了。

但凡有过人的聪明，久而久之都会滋生出自以为是；人到了自以为是这一步，便会堕入不可救药的自作聪明的泥淖。这是一条亘古不变的法则，没有人能够幸免，即使是聪明绝顶的老祭司也不能幸免。

逆天原本是个坏念头，任何逆天的想法都坏。

祭司是人的祭司。可以是希腊人的，可以是罗马人的，可以是汉人的，也可以是僾尼人的。但他仅仅是人的祭司，他不可以是猴子的，不可以是动物的。

尊盘风违反了这个基本法则，所以说他逆天。祭司原本只是人和祖先之间的使者，也如巫师是人和祖先之间的使者一样。但是祭司的传统同时又把他塑造成一个权威，塑造成一个缺乏监督机制的拥有绝对话语权的人，没人能质疑祭司的决定，巫师也不能。

一个直接的后果，就是没有谁去指出和纠正祭司的错误。祭司就此成了一个没有错误的人。

尊盘风决定为猴王做一场送丧大典。

当时的巫师刚好是那个在石头寨独居的布朗人奇力。巫师不是以家庭方式传接的，谁成为巫师由上天去决定，谁都不可能去走上天的后门。

只有巫师才有能力见到祖先，只有巫师才能够自由地与祖先的魂魄来往和交流。而这种能力不是谁先天就具备的，也不是谁通过某种方式可以后天去修炼得道的。既不能先天禀赋，又不能够后天修炼，可以说巫师的功德是最深不可测的。

普天之下唯有极少数人具有如此的非凡之力。

譬如西藏《格萨尔王传》的说唱艺人扎巴就是这样的奇人。他没受过任何教育，生而愚钝寡言、不谙世事，在别人眼里与白痴无异。但是一场旷日持久的大病（据他自己说是睡了一大觉）之后，他忽然开口了，抱着马头琴（此前他从未碰过任何乐器）开始了无尽无休（历时三十几年）的关于格萨尔王的弹唱。国家为他配备了一整个录音团队，还安排他的日常起居，扎巴成了国宝级人物。今天根据他的说唱整理的藏文出版物已达数千万字之多！

扎巴是当今藏族最伟大的巫师，没有之一。

南糯山的巫师也许没那么伟大，但是他同样连接了原住民与祖先，他们同样是现世与历史的纽带。而且这里的巫师与西藏的如出一辙，奇力也是在一次长达一个月的失踪之后忽然具备了超能力的。

与他的南糯山的乡邻不同，他不是僾尼人，他是布朗人，也是这里唯一的布朗人。也许是因为一直居住在僾尼人中间，奇力可以说僾尼人的话，说得像僾尼人一样自如。反而他本来的布朗话因为说得少，还不如说僾尼话那么流畅。奇力做巫师的时间比尊盘风做祭司的时间还要长，他在其他事情上与尊盘风的合作已经有许多次。

现在尊盘风找到奇力，请他一起合作，为猴王做送丧祭典。但奇力没有想到去质疑这件事可为不可为。

奇力要做的仍然是与祖先谋面，为所有乡邻与祖先的沟通去尽自己的一份力。他要通过赤脚踩火炭和铁杆穿腮的表演让祖先的神灵上身，然后把祖先的意念传达给乡邻。那对所有乡邻都是一种激励。

所有参与的傻尼人都会因此而亢奋，进入到某种迷狂的状态。他们会赤了脚跟随奇力在火炭上舞蹈，而绝对不会被烧灼和烫伤。他们中胆子大的甚至也会在被奇力授权的情况下，将铁杆穿过自己的两腮。原来巫师的超能力是可以转移到他们身上的，但是只限于被巫师授权的人，只限于巫师授权的特定时间。

在祭典当中，祭司的角色是主持人，而巫师的角色则是表演者和引领者，公众既是观众也是参与者。

那是人类最伟大的戏剧。以天地、大山和森林为舞台，由祭司指挥，巫师（神媒）与参与者共同完成的人神同台的戏剧。相比之下，二十世纪世界上最伟大的意大利戏剧家皮兰德娄也仅仅是一个蹩脚的模仿者而已。奇力不知道皮兰德娄是何许人也，但他同样能享受到这场好戏带给他的欢愉。

他没有不答应老祭司尊盘风的道理。所以他在不明就里的情形下加入了，他因此成了尊盘风的同谋。

事实是奇力根本不知道这场祭典就是一个阴谋。

他根本就是冤枉的，他在完全没戒备的情形下，钻进

姑娘寨

了老祭司的圈套，成了尊盘风的帮闲。

逆天便也是欺祖。欺祖是一定要遭报应的。无论是
傻尼人、布朗人、拉祜人还是傈僳人，祖先都是他们的神
明，他们都是祖先荫庇下的子民。

欺祖万恶不赦。没有一个祖先会容忍一个猴子加入他
们的行列，列祖列宗没有一个是达尔文的信徒。

整个事件的怪异之处在于，谬误的始作俑者是祭司，
祭司却不需要承担任何责任。因为将猴子引领到坟山的人
是巫师，因此是巫师大逆不道而非祭司。祖先原就不与祭
司有任何意义的交集，对祖先而言祭司是不存在的，他们
只认巫师，也把巫师视为朋友。

所以说奇力很冤枉，他成了尊盘风的替罪羊。

四

我猜连当事人老祭司尊盘风也没有料到，他的一个良
好的愿望（全面继承祭司制度的举措）竟会酿成如此的灾
难，他因此成为整个南糯山的罪人，进而成为傻尼人历史
的一个不可割裂的部分。

之所以把这个事件称为灾难，是因为后果太严重、太
惨烈。当时山上的几个寨子总共七百四十二人，灾难之后
仅剩了六十六人，人口损失超过90%。

历史学家愿意将灾难称之为偶然。唯物论的历史学
家更愿意把结论具体化，认定是科学不发达年代的一种必
然，而且直接与落后的卫生习惯有关。如此简单的归结让
历史学因此而蒙羞。

这些狗屎历史学家根本不懂何为宗教，何为信仰；他们于神学一窍不通；他们对天地与祖先没有任何意义上的敬畏之心。对于那些他们无法理解的事情，他们总会用最简陋的形式逻辑做一次不负责任的判断。

他们以为自己的唯物论是一柄无往不利的宝剑，可以令他们战无不胜，永远立于不败之地。

他们将那场灾难命名为瘟疫。

死了那么多人，说是一场瘟疫也无不可。据一位二十世纪下半叶的科学历史学家的著述，当年的南糯山有一种长着长长翘尾巴的兔子泛滥成灾，因为后来再也没见过那种兔子，科学历史学家因此断定它们就是瘟疫的传播者，并且随瘟疫的到来而灭绝。

科学是二十世纪真理概念的代名词，所以科学历史学家的结论也就成了板上钉钉的真理。

但是为什么偏偏在那个时候出现了翘尾巴兔子和它们带来的瘟疫？他们的答案居然只是卫生条件差。要是有人追问，之前呢？之前也是同样的状况，也许所谓的翘尾巴兔子也是南糯山的居民，为什么数百年里从未发生过瘟疫？之后呢？之后的数百年也是如此！

呸！瘟疫。

南糯山从古至今地灵人杰，从来没有任何灾难光临过，那是唯一的一次。

南糯山位于北回归线以南百多公里，全年的温差在二十摄氏度之内，在八摄氏度到二十五摄氏度之间。南糯山只有旱季和雨季之分，历史上从没有过飓风、地震和战乱，是地球上最适于人居的一块净土。

就在如此不可思议的风水宝地上，突发了一场所谓的瘟疫，而且波及了所有的家庭。没有一个家庭完全避开了灾难，家家都有病患和死者。

十八年里没死过一个人，这是南糯山历史上的一个无可超越的纪录，是上天对南糯山的最高奖赏，也是幸运之神的一次最慷慨无私的馈赠。不，不止十八年，准确地说应该是十九年。在为猴王做送丧祭典之后的六个月里，山上仍然没有一个殒命者。

次年的嘎汤帕节到了，这是尊盘风接手祭司的第十七个年头。这个嘎汤帕节与往常没有什么不同，七十四岁的老祭司也完全没看到任何不寻常征兆。

但这的确是不寻常的一年，极不寻常。

嘎汤帕节当天夜里，终于迎来了十九年里的第一个亡者。那是石头寨一个五十七岁的女人，三天前她忽然浑身发热，家人也为她用过草药去热，结果还是没能救回她一条命。有人死亡，祭司这下有得忙了。

不死人的那许多年里国泰民安，人们的心里被阳光普照，没有一丝一毫的阴影。焦虑的只有祭司一个人。十九年里的第一个死者的出现，还是或多或少给人们的心里带来了阴影，提醒人们，人总是要死的。

其实这才是人类生活的常态。有生相伴，亦有死相随。祭司多年无事可做的状况并不正常。

有刚刚完成的送猴王的祭典作底，送新亡者的祭典进行得相当顺利。尊盘风没忘了在整个过程中都带上长子，他要继承自己的事业，必须细心观察，记住其中的每一个大小环节，不得有任何疏忽。

一例热病死亡的病例，它没有引起老祭司的警惕，他反倒把这看作是向正常状况恢复的一步。

　　七日后的第二例死亡仍然是热病。

　　再八日后第三例。

　　再四日后第四例。再五日后第五例。再四日后第六例。第七例。第八例。第九例。

　　不只人死，猪也在死。

　　山上家家养猪，正常情况下，人与猪的比例大概是5∶2。后来人猪死亡的比例开始上升，从9∶1到11∶2，然后是15∶3，16∶4，18∶5，20∶6。比例正在恢复均衡。

　　送丧的祭典会比之前无人死亡的时候更加凸显祭司的重要，所以即使已经七十四岁，尊盘风依然精神矍铄，终日劳顿却仍兴致勃勃。一个人，无论他是什么身份，他被身边的人需要的时候，一定比平时更昂扬、更有精气神。尊盘风正处于这样的状态。

　　祭司忙了，巫师自然也忙。但是奇力比尊盘风的精气神要差得远。他心里很清楚，自己的出场越频繁，也就意味着大家的痛苦越深重，灾难的范围也就越大。

　　他是第一个意识到灾难的，人接二连三地死，摆明了就是一场灾难。

　　奇力与尊盘风最大的区别，就是他随时能得知祖先的想法。祖先并不接受他带给他们的老猴子，他们毫不客气地把猴王逐出坟山。奇力知道这些，但他很犹豫，不知道该不该把这些告诉尊盘风。犹豫的结果便是没说。他没说，尊盘风自然也就不知道。所以事情就只在奇力一个人的心里沉淀下来。坏事情的沉淀总是危险的，它会带来发酵，带来病变。

当第二例热病死亡到来时，奇力知道那是祖先动怒了。祖先们纷纷给奇力怒气冲冲的脸色，再没有谁把他当作朋友。他在冥界成了孤家寡人。

数十年里他一直在人间和冥界穿行。在人间他是个绝对的孤独者，平日里乡邻们几乎都不与他交往，久而久之他也失去了与人交往的愿望。他的乐趣几乎都在冥界，他的朋友几乎全部是那些祖先的魂魄。现在他们拒绝了他，他不再是他们的朋友。

对于一个孤独的人，这真是一个悲伤的时刻。

而且这些话他没办法跟任何人讲。不能跟他的女人讲，不能跟唯一的儿子讲，也不能跟老祭司讲。

祭司尊盘风对发生在巫师奇力身上的这些变化浑然不觉，他的热情被无尽无休的送丧祭典所点燃，工作成了他的享受和动力的源泉。

世间所有的力量都在不知不觉中发挥自己的作用。持续不断的幸运累积了对死亡的负债；良好的愿望模糊了对负罪的警惕；判断的失误令一颗恭顺之心导致了无边的冒犯。世界因此而颠倒，无辜者的生命最终成为报复的牺牲品。

众生万物最终遵循的也只是上天的平衡法则。

尽管祖先们会把怒气撒给巫师，但上天是公平的，正如人们所说的老天有眼。那一场狂飙似的热病席卷南糯山，虽然很像是一次对冒犯的报复，但是并没有弄错惩罚的对象。老天当真有眼。

被拖进一场谬误的巫师奇力已经被祖先冤枉了，但是上天并没冤枉他。热病带走的仅仅是他的女人，留下了他和将为他繁衍生息延续香火的儿子。

而作为始作俑者的祭司尊盘风，他就没那么幸运了。在为第六百二十五个死者做完祭典之后，他自己也倒下了。他也同样发热，草药也无济于事，他一直到死也不明白这场热病的由来。

尊盘风也成了祖先的一员。

新祭司（尊盘风的长子）为自己的父亲举行了送丧祭典。他的搭档依然是父亲的老搭档奇力。是奇力带着尊盘风进入到祖先的行列。尊盘风被祖先接纳了。

这也是巫师奇力所没想到的。先是尊盘风被接纳，之后竟然是祖先们原谅了自己，重新接纳自己为朋友。

这一定是上天的意思，上天显示了公平。

上天有一个好伙伴，就是时间。在降怒于南糯山的那段时间里，上天就像个疯狂的暴君，它将死亡织成一张无边无际的大网，一举罩在了南糯山上。那绝对是一段凄云惨雾的日子。从新年的第一天一直到当年的最后一天，总共有六百七十六个人的生命被带走，最多的一天走了七个人！整整一年，三百六十五天啊！

那一整年，南糯山满是末日之象。

像是上天也知道时间一样，灾难的日子卡着一年开始的那一天来，又卡着一年结束的那一天走。或者也可以理解为是时间自己的选择，它把所有的灾难圈在一个年头之中，不让灾难去搅扰另外一年，连一天也不让。可以设想，假如时间可以开天窗的话，没准时间自己会悄无声息地将灾难的一年抠掉，把历史上如此不堪的那一年抠出一个天窗。

新的嘎汤帕节到了。阳光普照，新气象马上冲淡了死亡的阴霾，持续不断的死亡忽然就终止了。

连续五十一个送丧祭典已经把新祭司累得晕头转向。除了他自己以外，整个大山上也只剩了六十六个人。他还不知道自己即将有一个一千天的假期。

另一个最辛苦的人非巫师奇力莫属。整整三百六十五天，整整六百七十六人，这就是他在一年里引导给祖先队伍的新成员，山上的这一块冥界已经人满为患。不，他还少算了一个。前一年的那一个，他不能不算在其中。就是那个给他带来无穷怨毒的猴子。

虽然只剩下六十六个人，南糯山还是南糯山，南糯山僾尼人的历史并没有因为这次大规模减员而停顿，历史在继续。半山的中寨还在，东边的半坡寨还在，西边更高也更为古老的石头寨还在。

第五章

帕亚马来了又走了

一

我的职业很特别。我在工作的时候总是一个人，或者独对一盏孤灯，或者自言自语喃喃不断。

这样的一种状态有一个不为人道的好处，就是不需要任何勇气便可以面对各种难以面对的尴尬。

我猜卢梭写《忏悔录》的时候一定有过类似的心得。我很难想象他会把自己那些卑劣龌龊的念头，面对面地告诉他的家人和他的朋友。一个人写的时候，他面对的只有空荡荡的白纸，不必有任何顾忌。而发表的当口已经时过境迁，需要的只是一点勇气和胆识，比直接面对他人说出来所需要的勇气要少得多，可能有十分之一就够了。

所以现在我写我的时候，根本不需要勇气，哪怕写下的内容再私隐、再卑劣，我也毫无顾忌。因为我可以写出来，也可以不拿出来发表，或者发表的时候把我以为不妥当的部分删掉。当然了，倘若那时候我觉得发出来也无妨的话，不删不改也属正常。

我是男人，男人不能让别人认为自己小气。可是男人也是人，该小气还是很小气。我其实是个很小气的男人，很多事情我都会很计较，非常计较。而且我也像别的男人一样，绝对不希望我的计较被看出来，我要表现得很大度。是不是所有的男人在人前都表现得很大度？

比如艾扎的儿子要结婚。艾扎先前跟我打招呼，说儿子结婚的时候想借些钱。他当时没说借多少。

他是我上山以后走动较频繁的朋友，他张口了，我不能说不。其实我特别不喜欢借钱这种方式，也许是对《哈姆雷特》当中的教诲的认同，我认定那是金科玉律。

不要向别人借钱也不要借给别人，向别人借钱会丧失尊严，借给别人钱会人财两空。

而没说不的结果便是答应，答应借。这样便也违反了我的为人信条，心里很不舒服。

我时而会不由自主地在心里盘算接下来该如何应对。一个相对稳妥的办法，是借助他没说出具体数额这一点，把借款额降低，降到我心理承受的最低。我决定找机会主动跟他提借钱的事，主动说出数额，让他对此不抱更大的期冀。我想的数额是两万。

我把心思告诉女人，女人的态度自然是"你定"。

我已经在女人的微信上知道了艾扎儿子的婚礼日期（三日后）。微信是群发的。所有发给我的微信都是女人代我接收的。微信让我松一口气，我误以为他不需要借钱了，于是我和女人商量随礼的数额。两千应该是比较适中的数目。我们已经商定那一天过去喝喜酒。这件不大不小的烦心事似乎已经告一段落。

晚饭之前还有一小时，艾扎和他老婆不期而至，我的第一直觉便是他们来借钱（小人之心）。我们两家偶尔会走动，我们会在当地的节假日去做客，带上些适当的礼物，过去吃顿饭聊聊天。这是他们第一次没打电话就过来了，而且是两个人一道。

两家人是好朋友，他老婆尤其是贵客，因为很少来。我们能做的只有热情招呼，并且马上在已经准备好的菜谱上增加了两个菜。老婆在厨房忙，我在厅里招呼客人。

艾扎说想在我家抓几只没下蛋的小鸡，这是他们的习俗，婚俗礼仪中要用到没下蛋的母鸡。他家里前一段时间闹鸡瘟，鸡一下子死光了。他知道我这里的鸡群不小，所以来求助。

抓几只半大鸡当然没任何问题，就是需要几只下蛋的成鸡也没任何问题。问题在于鸡是散养的，只有在一早一晚喂食的时候才会聚集到院子里。它们在入夜后会各找栖息之所，有的在鸡棚，有的在梁上檩上，有的干脆上树。散养的鸡平时都在山上山下觅食，或者你可以说它们就是些"飞鸡"，抓它们可不容易。

这会儿晚上的喂食刚过，重新聚拢它们有相当的难度。当然还是可以试一下，毕竟鸡是那种永远不知道饥饱的畜生，什么时候喂，什么时候都会蜂拥过来。

我们的尝试以失败结束。喂可以，它们都会来，但是抓就不可以了。我撒碎米，艾扎和他老婆负责抓，几次尝试都落了空。我就知道抓鸡不是容易的事。

我说："吃了饭再说。饭后天也黑了，天黑了鸡看不见，鸡的视力比人还不如。"

她说："我去给嫂子搭把手。"

我和艾扎两个坐下来喝茶，这是个不错的时机。

我说："大后天就办事了，忙吧？"

他说："已经先杀了一口猪，家里忙乱得很。"

我说："一口猪不够吧？"

他很惊讶："一口猪？我们准备了四口！另外买了头牛，后天杀牛。"

杀牛在版纳地区的家庭里算是很大的举动了，毕竟牛比猪贵得多，个头也大得多。这里过年（嘎汤帕节）时通常是几户人家合伙杀一头牛，或者一个寨子杀一头牛，每家分几斤牛肉。一家一户杀一头牛四口猪，应该是非常大的排场了。

我说了，我其实是很小气的。我在那一刻马上想到的是这场婚礼的开销，想到也许他借钱的期望值是个不小的数目。五万？甚至更多也说不定。这么想的时候我心里有些紧张。我不希望出现这种情形，毕竟我们交情不深，而且这也违反我的交友信条。

当然我也知道，这里同中国的其他地方没有两样，婚礼不是个会赔钱的事情。那些即使是大肆铺张的婚礼也不会赔钱。婚礼当天随礼的礼金就能回本。

艾扎说有大约上百桌，估计客人不止五百人。即使五百人分属于两三百个家庭，礼金的数目一定相当可观。我听得很明白，他们已经准备了一头牛四口猪。也就是说，最大的开销已经支付过了。

艾扎又说："女方家的彩礼要一万六。"

以我对时下社会的了解，女方家不算黑。这不关我的事，但是我还是听话听音，认为也许这就是艾扎开口借钱的数额。我在心里做了决定，就一万六。

因为先已经对这个问题有了心理准备，也决定主动出击，不要等艾扎开口之后心里再做衡量。那样太被动了。如果他说的是五万呢？或者四万呢？那样我会不知如何应对。所以我决定主动开口。主动开口的好处是我定了我能够出借的数额，其结果便是堵了他的嘴，让他不好意思再加码。

我说："我已经给你准备了一万，如果你彩礼钱还没备好，我明后天下山再去银行取六千。"

艾扎说："彩礼已经给了。这两天现金不够的话，我再来麻烦你。"

他的话我听不出是客套还是失望。当然可以理解为客套，毕竟他为准备这一切已经开销巨大，看来是有相当充分的储备。或许也是失望，他对我的家境有所了解，也许打算多借一点，况且我先已经答应借钱，一万和一万六，也许都远在他的期冀之下。

我松了一口气，我该做的我都做了，其他的便都是他的事了。到底是不是想借，想借多少，这些由他自己决定，我已经为他划定了范围，一万，还是一万六。呜呼，做人真难啊，做男人尤其难，做小气的男人更是难上加难。不过这件事就这么定了。所有那些闹心的事情，只要还在过程当中，就一定会让你一而再再而三地闹心。只有它落地了，你才可能松一口气。

接下来的事情都没什么要紧。吃饭（艾扎不喝酒，因为骑摩托车的缘故），抓鸡（借着手电筒抓了两次，一次两只），离开。他俩先在车尾稳妥安置了装鸡的纸箱，之后他上车，启动，最后是她上车。

我说："钱，你看看需要多少？"

他说："那天你带一万过去，用得着我就救个急，用不着你再带回来。"

"好的。慢走。路上黑，小心一点。"

a

这个意外的插曲让我生出了一个意外的念头。

我跟帕亚马说一个朋友的儿子要结婚，问他有没有兴趣参加。我特别强调，那是个很热闹的婚礼，有数百人来参加，也备了上百桌酒席。

之所以邀请他，乃因我有个私心。我发现了，尽管我们已经是非常好的朋友，我和他的交往却仿佛是两个世界里的事情。我的世界，和他的世界。

在他的世界里，南糯山的原始森林是他的背景，也是他的舞台。他的世界没有时间的概念，与当下具体而微的生活不发生任何联系。所有与他相联系的部分都没有变，没有任何通信方式，没有任何我们早已经习惯了的工具用具。我见到的物件只有刀和弓箭。

我当然知道刀和弓箭是人类最古老的工具，其历史可以追溯到史前。我同样知道哈尼族的历史仅有千年的光景，所以火种、弓箭和刀这些，在千年之前也都是寻常之物。

我的困惑在于，我无法分辨出是年龄堪比彭祖的帕亚马一直活到了今天，还是我在与他遭遇的时间里莫名就回到了几百年之前。

况且他的未卜先知已经令我心怀忌惮，我不能在与他面对时随便动什么念头。即使我有特别的念头，我也只能在面对他之前先去动。邀他去参加艾扎儿子的婚礼便是我先想好的，是艾扎和他老婆离开的那一瞬间让我动了这个念头。而且我还尝试着想象帕亚马的反应。他当然可能会断然回绝，我不认为他会有凑热闹的心思，如果要凑热闹，他也不必把自己封闭在原始森林之中。

我也不完全排除他会接受邀请，毕竟那也是他自己种族的庆典。作为整个族群的领袖，他在过来的许多个世纪里一定参加过无数的婚庆和葬礼，那也是他的职责所在。我完全无法预料他是否会应允。

作为讲故事的那个人，此时此刻我完全不能够决定，我的主人公该做如何应对。应允或者回绝，这是个问题。我知道我不可以回避，因为故事要继续，读者不允许我把这个关子卖得太久。

读者？对，作为读者，你的期待又会是什么？

难题如此轻易就被破解了，毫无疑问，读者一定更期待帕亚马应允，期待帕亚马走出他的没有时间概念的原始森林，期待他走进艾扎儿子的婚礼。

就这么定了，帕亚马没有丝毫犹豫就说他去。

首先大喜过望的是我，因为是我邀请他去的。他不去，我一定会失望。对我而言，帕亚马之谜是个巨大的诱惑，正如三十年前冈底斯对我的诱惑。三十年啊，《冈底斯的诱惑》远远地留在西藏，却又随时随地像演电影般在我眼前重现。

我告诉帕亚马，很久很久以前，在很远很远的一个叫西藏的地方，有一个很奇特的像一个巨大的冰雪馒头一样的大山。

姑娘寨

帕亚马说："我知道那是冈底斯，我还知道，冈底斯一直在你心里，你把那称之为冈底斯的诱惑。"

"你不会要告诉我，你看过《冈底斯的诱惑》吧？"

"不会。我没看过，可是我知道。"

"你居然什么都知道！我有点怕你了。"

"为什么我知道了你会觉得怕？"

"换作你是我，我就不相信你不怕。试想一下，无论你要做什么，无论你以后发生什么，你身边都有一个人事先就知道，而且他明确无误地告诉你，他知道，他什么都知道，没有什么是他不知道的。"

"可是我从来就是这样，一直都是。只要在我跟前，无论是谁，无论他想什么，我都会知道。当然我可以不说，可以不告诉你，但是我的确知道。"

"所以我才说有点怕你了。对你而言，这一切可能无所谓；但是对对方就不同了。一个人的未来被另一个人知晓，被知晓的那个人心里是无法承受的，真是太可怕了。"

"可是我一直没觉得你怕我啊。"

"那是因为我不是一直在你身边。一直在你身边的话，我肯定会崩溃。"

"什么是崩溃？"

"就是受不了！就是觉得没活路了！就是觉得一切一切都完了！"

"我敢肯定你没有崩溃。你只是心里想着你会受不了。许多心里想着的事情都不，你们怎么说来着？"

"不靠谱。"

"对，就是不靠谱。你想得不靠谱。"

"信不信由你，我真的不能忍受你。"

我的话显然伤了帕亚马的自尊。我在心里回味了一下刚才的对话，换做是我自己，我也会受不了我的话。我真的不能忍受你。这话太重了。

帕亚马说："没人要你忍受，是你自己要来我这里。你可以不来，我也不要再见到你。"

他已经转身了，他分明已经下了逐客令。

我知道我说了不该说的话，覆水难收。虽然心里隐隐有几分舍不得，但我还是得接受现实。男人之间必得承受自己说话的后果；无论那后果是你愿意承受的，不愿意承受的，是你能够承受的，不能够承受的，你都没得选择。

我犯了大忌。口不择言是男人的大忌。

但我不死心，不死心哪。我刚刚取得了些许进展，刚刚等来他对参加婚礼的应允，刚刚在无尽的黑夜中看到微茫的一息晨曦之光，我当然不能够死心。

我就又说："婚礼呢？你答应过要参加婚礼。"

他的回答冰冷而坚硬："你我只能去一个。"

我从中觅到了一线生机，当然那是他的宽容。

我说："你。你去。我不去。"

这就是我们绝交那一刻的情形，好悲惨啊。

二

我是不可能跟他言而无信的，我说了不去，一定不可以去。我一直没和我女人提过他。

可是也许艾扎在他儿子婚礼的当口刚好缺那一万块钱

呢？而且来喝喜酒也是早说好的，我对艾扎也不可以言而无信。所以我决定把我的时间往前提一天，我一家三口人在头一天晚上作为不速之客先来了。

正如艾扎所说，他家里的婚礼筵席提前两天就开桌了，因为有山下各处来的客人，甚至有老人和孩子。老人孩子不可能每天上上下下地跑，有的干脆就住在茶厂里。饭局每顿都有。

我撒了个小谎，说家里一个亲戚明天从上海飞过来，我必得去接机，所以提前一天过来。我把装了现金的信封递给艾扎，说钱我给你带过来了。艾扎接下并塞到口袋里，低声道了"麻烦"。我想了一下，还是忍住了没说他明天会有一个特殊的客人。

他说明天默默、李亚伟和虚公他们都会来。我请他转告他们，喝了酒之后到我那儿喝茶。

人算不如天算。晚上回到家没多久，大儿子从杭州来电话，说明天的航班到版纳机场，要我去接他。女人问我是不是有什么事，我说他没说我也没问。我又说用不着担心，肯定不会是什么不好的事情，不然他会在电话里先说的。也是的，这之前大儿子要来，都是先在电话里约好时间。像这样突然说来的事情，的确有几分蹊跷。女人作为继母，想得总归比我多一些。好在她和大儿子之间一直很融洽，没出现过或大或小的是非纠葛。

次日去机场的路上，我们的车与虚公的车相遇，李亚伟默默都在车上。儿子说我们要去接哥哥，我说昨晚已经跟艾扎请过假，又叮嘱他们喝过酒之后下来喝茶。李亚伟说本来打算先去我那喝茶，再和我们一道去艾扎那。默默说喝完酒再去喝茶不迟。

拜拜。拜拜。

女人说："他们肯定会对艾扎说你去接儿子。"

我说："艾扎又不是不知道。"

女人说："可是你昨天说的是接亲戚。"

我说："谁会那么在意接的人具体是谁？"

"没有人会分不清楚亲戚还是儿子。"

"我只是向艾扎请个假，只是说今天就不过来了。我想艾扎也不会追究，我接的人究竟是谁。"

"我不想让别人觉得你说了假话。"

儿子说："爸爸请假的时候不知道哥哥要来啊。"

我说："我原来不是打算猫在家里吗，谁知道儿子忽然会过来？"

女人说："猫在家里就更尴尬。他们几个过来，要和我们一块过去，你还怎么推脱？已经请过假了，去也不好。可是你明明在家里，不去更不好。"

我说："去与不去，不是很大的事。"

"对你不是大事。人家是儿子结婚，当然是大事。你明明在家，又推脱不去，人家会怎么想？"

这就是女人。女人会盯住你忽略的某一个小小的疏漏，把你不以为意的事情放大几倍。然而你不得不承认，女人的话又确有道理。问题在于女人会把自己的存在看得太重；事情比女人想得要简单，毕竟艾扎和家人要面对几百个客人，谁来谁不来对他们而言都没什么要紧，任一的个体都很容易被忽略。

想想真是有意思，婚礼的参加与否在我们的家庭里纠

姑
娘
寨

130

结了好几个回合，可是车往前开上两分钟之后那些纠结就都过去了。因为接下来的关注重心已经从艾扎转移到大儿子。小儿子更关心哥哥带了什么礼物。

一切都顺利，我们如期接到人。后话。

大儿子一路疲惫，我让他先睡。他也邀上弟弟跟他一起。虚公他们过来的时候已经深夜了。看得出他们喝了不少，兴致都还不错。女人为他们沏上茶。

默默说："艾扎说他听错了，你说接大儿子，他听成了接亲戚。"

女人对我说："我怎么说的？"

李亚伟说："碰见个有意思的人，说认识你。"

我心里猛一跳，他果然去了。

我说："他怎么说？"

"说到你家拜访过你。他姓谢，他说上山途中的那几个树屋都是他的。"

他说的是另外一个朋友。这个老谢在普洱茶界是位大仙，平日又喜诗喜书，颇具几分文采。

我说："老谢也是诗人，作旧体诗。"

默默说："我几个做茶的朋友，这个老谢都熟。"

"老谢很豪爽，广交各界朋友。"

这些都是闲话，我关心的还是那个说来的人来了没有。我没法询问，因为我不知道两个不同世界里的人是否该有交集。我自己恪守着一个原则，不对这个世界里的人提到他说起他。至于他是否会出现在这个世界里，那是他的事，自己的事自己决定。

虚公催促大家该走了。已经过了午夜，又都喝了酒，我再三叮嘱开车要慢，下山一定多加小心。

回到房间时，大儿子已经又起身了。女人再次为我们将茶杯斟满，说你们聊，先去睡了。

我知道大儿子有话要说。他忽然过来，肯定有什么事。我猜他不会只是闲了，大老远跑过来住几天。刚接到他的那会儿，女人问过他能住多久，他说他定了回程机票，三天以后回杭州。我们没问他有什么事。

"爸，过来是有事跟你说一下。"

我笑了："肯定是要紧的事。不要紧的话，手机和微信里都可以说。是吧？"

儿子说："有两件事。先说你可能关心的，我有女朋友了。是个杭州女孩，准确地说是临平的。你知道的，临平不在杭州，只是杭州附近的一个小城。现在算是杭州的一个区，余杭区。"

我说："我知道临平。女孩做什么？"

"先前在公司里上班，辞了。我们俩想做个网店。你不是打算做茶吗？你做，我们来卖。"

"这主意不错。"

"还有一件事。我不知道该怎么说。"

"谁都遇到过这种情形。想说就说，直说。还没想好的话，就先不说。"

"记得你跟我说过的，你说你一辈子从来不想家，说你有一天忽然想家了就马上从成都飞回来，结果是我爷已经不行了。你说我奶和我大姑、小姑还在商量要不要打电话告诉你让你回来，说我奶怕耽误你工作，又怕你花一大笔钱跑来跑去，说不要告诉你。"

"我到了家之后，你奶告诉你爷说儿子回来看你。你爷睁开眼看我，叫我一声又闭上眼。你奶说你爷好几天没说过话了。我张罗叫车把你爷送到医院。你奶怕我旅途劳累，让我和你大姑小姑都先回去，她守夜。第二天一大早六点你爷就走了。"

"爸，我记得你讲的这些，所以我心里不踏实。我最近好几次都想回来，心里有点慌。我跟小姨通过电话，小姨没说你生病什么的，我就犹豫回来还是不回来。一次没回来，两次没回来，第三次我就不犹豫了，马上订了票。我怎么会突然也想家了呢？"

他一直叫继母为小姨。

"送走了你爷我才明白，是你爷要走了，是他招呼我回来。你都看见了，我没事。你想家不一样。"

"看到你健健康康的我也就放心了。爸，你最近没发生什么特别的事情吧？"

儿子这么问，我该怎么回答呢？虽然没有君子约定，我还是拿不定主意跟儿子说那件事。关键是我自己还没有想清楚，那究竟是怎么一回事。

我说："是有很特别的事。那肯定算是一个秘密。你知道，秘密就是要人来保守的。如果说出来，也就不能够称之为秘密了。对你小姨我也没说。"

儿子说："不该说的就不要说。但我还是想知道，那是哪种类型的秘密？是与鬼有关吗？"

"你怎么会这么想？"

"我小姨信鬼，有时会说到鬼。你也说，我爷要走了会给你打招呼。我觉得是鬼在说话，鬼让你想家叫你回家。我是你儿子，我会不会也遗传了这种能力，能听到鬼的声音？"

儿子的话让我吃惊。是啊，既然我遇到了不可思议的事情，又让数千里之外的儿子担心，是否真的是鬼的力量在暗中驱动这一切呢？

我说："这事情不能说，也说不清楚。这样，明天我带你去一个地方，你自己判断发生了什么。"

儿子虽然人又高又大，但自小胆子就不大。我从他的眼睛里看出了恐惧。深夜里大山之上，风摇动着哗哗作响的竹叶树叶，父子二人说到了死去的前辈，又说到鬼，也难怪他会有所恐惧。

在此之前我从没想过这会是一个鬼故事。很多云里雾里的怪事，身在其中便会迷失，其实也许只是层窗户纸，一捅便破。儿子自己有了第六感，直截了当就说也许是鬼在作祟，是否已经将那层窗户纸捅破？这么想的时候，我暗暗庆幸。毕竟我们彼此道过别了，是人是鬼都已经成了往事，俱往矣。

b

说彼此道过别了，是给自己心理找平衡。你知道，原本是我口无遮拦开罪了帕亚马，结果闹得朋友也做不成了。按照常情常理，我就不该再去他的世界，尤其不该带上另外一个人（即使是我儿子，对帕亚马来说仍然还是百分百的外人）。大家都是男人，男人之间有不成文的规矩，吐唾沫成钉便是规矩之一。

姑娘寨

但是这种事情我心里比较有数。我事先已经想到了，即便我们再走同一条路，我们一定走不到同一个地方。所谓时过境迁，果不其然。

虽然看上去漫山的茶树林几乎都是一样的，与茶树林接壤的次生林和原始森林也都相差无几。但是走过几次之后，我还是能够分辨出大概的方位，也依稀记得从哪里进去，之后又从哪里出来。我努力辨别，尽量调动记忆，凭着自己超好的方位感一路向前。身材高大的儿子也学我，折了一根粗树枝作拐杖，紧随在我身后。

我比较有信心能够找到树屋的位置，这是我的第一个目标。如果目标达到，再争取找那间造在地上的木房子。但是我的直觉隐约告诉我，即使我找到地方，树屋也一定不在了，或许连一点痕迹也没留下。

这次我的直觉不灵。

我不但找到了树屋的位置，抬头看看，树屋也在。再低头找那个晚上的火塘，那些残留的木炭仍然历历在目。一切都清晰如故，毫不含糊。

我说："他叫帕亚马，这里是他的第一个家。"

儿子说："不对吧，你是不是想说是你第一次见到他时的家？"

"你说得没错。"

"也就是说你还见到了他第二个家？"

我说："我那会儿没想到他还会有第二个家。"

儿子想上去看看。他伸手抓住木梯的横木，试试是否结实。还算结实。他于是像我那样手脚并用沿着横木往上爬。头超过门口的时候他停下来，看样子他不打算进去。

打量一下之后，他重又下来。

他说："里面根本没住过人。"

我说："当然住过。这是他以前的家，我还住过一个晚上。"

他说："你上去看看就知道了，根本没法住人。你说你住过，我敢肯定是你的幻觉。"

我不想上去看，他信不信也没什么要紧。

我告诉他，那个帕亚马是神力，徒手一下子就把偌大野猪的后腿掰开折下来。他笑了，说跟李元霸比起来也算不上神力。他从小就是《说唐》迷，李元霸是他的不二偶像。从他的话里我听出了调侃。

我也说不清自己是怎么想的。我说帕亚马的时候，没说他就是哈尼族历史上那个著名人物，没说他的年龄和关于历史上的传奇经历。我只讲了我的那些个经历，遇到的那个人。尤其没说与他连带的关于金勺子的传说。倘若儿子有缘见到他，对他做如何判断是儿子自己的事。我不想让我个人的或者历史书上的那些话影响到儿子的判断。

我不在意他怎么想，既然已经把他带进这个世界，我也就不忌讳把那个晚上我看到的告诉他。那些有着金丝猴般小脸的云朵让他有了兴趣，他再三询问它们的模样、形状和其他细节。我尽我所能尽量地把我记忆中的它们具体再具体。

"爸，你能把它们画出来吗？"

他的问题提出来之前，我从未这样想过。这真是个不错的主意。我在心里还原那个夜里的景象，那应该是一幅

姑
娘
寨

极有视觉冲击力的画卷。

我说："这个主意不错。许多个飞翔的魂魄萦绕在一个人的周围，而那个人已经灵魂出窍。"

"可是你为什么把那些精灵称之为魂魄呢？它们明明是精灵。黑森林里到处可以见到它们。"

"你说的是德国的黑森林？"

儿子在德国超过十年，我这是明知故问。

"其实不只黑森林里有，别的树林里也有。"

"你说的精灵是什么？是一种鸟吗？"

"我不懂动物或者鸟类的分别，不知道它们属于鸟类还是蝙蝠类，好像都不是。它们不应该属于科学的范畴，我想应该把它们归到灵异类。"

"你说的灵异类是有的东西，还是没有的东西？可见的，还是不可见的？或者与你所说的鬼属于同一类型的东西吗？"

"爸，你知道，在欧洲许多地方，人们都相信有鬼。比如吸血鬼就是其中的一种。精灵算这个范畴吧。既然很多人都见过，它们应该是可见的吧。我不知道可见的算不算你所说的有的东西。"

"中国人还是习惯把鬼视为不可见的，要不人们就不会经常说见鬼之类的话。魂魄应该也是不可见的东西，人见了不可见的东西就是所说的活见鬼。这跟你说的那个精灵好像不太一样。"

"我也觉得不一样。我觉得你说的那个更像精灵。精灵应该是结结实实的存在，不像魂魄那么虚。你说的那些云朵，你是不是看得很清楚？"

"非常清楚，我甚至记得它的眼睫毛。"

"你怎么可能看清楚一个魂魄呢？魂魄不可能面貌清晰，肯定看上去是混沌一片。"

儿子的话很有道理。我偶尔会在梦中遭遇魂魄，我就没有一次看清楚它们的模样，我只能隐隐约约地回忆起魂魄大概的样子，说混沌一片再贴切不过了。而那个晚上遭遇那些云朵的时候我没睡觉，当然也就不是在梦中。我不是通过回忆来复原它们，所以它们的形象是那么清晰、真切而且生动。

"爸，我曾经想过钻研一下灵异学。伦敦的皇家图书馆里这方面的藏书很多，我连续三天泡在其中。那些日子不断地出现幻觉，让我在那段时间严重失眠，失眠让我受不了，我都快崩溃了，也就没再继续。"

我说："也难怪欧洲会出现托尔金和恩德这样的小说家，灵异学传统应该会助推他们那种幻想类型小说的诞生。这样的领域对中国人是太诡异了。"

儿子说："是啊，我们的鬼故事都是人死了变成鬼，不是冤死鬼就是屈死鬼。鬼又变成人，跟人折腾，一场爱恨情仇之类的。跟他们的鬼很不一样。"

我说："你何必把那个东西当学问去钻研。我在想，也许把它们当故事去琢磨更有意思。"

"写成灵异小说？我没这么想过呢。爸，我有个想法，或者今天你就不陪我了，让我自己留下。你是一个人才遇到那些有意思的事情，或者就是与灵异遭遇。我们两个人一起恐怕就遭遇不到。所以……"

我想了又想，毕竟他也是二十几岁的男子汉了。

我说："你自己不害怕，留下当然不是问题。把背包留给你，临时需要什么，里边都备着。遇到万不得已的情况，包里有一个电子扩音器，你可以当大喇叭用。自己当心吧。"

儿子的提议突如其来，我根本来不及仔细想想。其实想也是白想，诸如危险之类的，有一百种预想又能怎么样呢？我从来信命，个人的所谓危险应该都是命的一部分，该怎样便是怎样，全看自己的造化。

不知什么原因，这样一来我的心里反而生出某种莫名的庆幸。是儿子自己的主意，但是这刚好接上了我内心所遗憾的那条线；我其实是很为我与帕亚马友谊的中断而遗憾的，那样一种结果我已经完全无能为力。儿子倘若与帕亚马有缘，也算是别一种接力吧。

儿子小时候经历了父母离异，心志相当脆弱。我和他妈妈都没鼓励他蹈父母的覆辙去碰文学。读初中那会儿他对建筑有些兴趣，后来在欧洲读高中，我便有意引导他关心建筑。然而考虑大学专业的时候，他还是选择了数学。但他的兴趣却在电影方面，兴趣最终战胜了令他头疼的数学。他没能完成学业。

儿子有几年跟家庭疏远，就是所说的逆反期吧。这期间最大的变化完全出乎我的意外，他写小说了，写得相当好。我在惊讶之余，感慨上天的伟力。

成了同行，很快便也成了朋友。因为彼此间有了同样的话题，对世界的兴趣也在逐步靠近。

所以这一次的巧合其实也是必然。我经历了自身无法参破的际遇；儿子则莫名接收到回家的意念；我的特殊际遇骤然中辍；儿子对灵异的兴趣让他决定再走我的诡异之路。如果说这原本就是个两幕的大戏，属于我的那一幕落下的同时，他的一幕便开启了。

第六章

谷神坊的贝玛

一

　　祖先到底不是一方神圣。神圣与祖先最大的不同，在于神圣的不可侵犯性。你不可以质疑神圣，更不可与神圣争执，神圣借此取得了至高无上的地位。

　　但是祖先的情形不同。他们也曾经和你我一样，实实在在生活在彼此中间，有喜怒哀乐也有吃喝拉撒，他们原本就是你和我。他们活着的时候彼此质疑也彼此争执，死后依然如此。他们与你我的最大不同，在于各自处在不同的时间点上。短的相差几年十几年，长的则距离几十年几百年之多。

　　祖先和我们一样，遇到开心事的时候会很开心，会用笑声点燃周遭的空气，让大山内外都充满欢乐。而遇到了挫折时则相反，内心充满了末日感。

　　那个灾难之年结束之前，相信余生之下的每一个人都已经绝望了，没有人敢抱侥幸的念头，谁都一样。

　　但是新的嘎汤帕节到了，新年改变了一切。

　　这就是时间的威力。时间自己切割出幸福与不幸的界限；时间让绝望统治了每一个还活着的人的心；还是时间，借了一个年与年的节点，将灾难与新生活做一次彻底的切割，让人们的心里重新萌发出希望。

人就是好了疮疤忘了疼的那种没记性的动物。

哪怕那些被称作人中麟凤的精英也不例外。在南糯山上，新祭司可以算作代表性的精英。

老祭司死于高龄（七十四岁）。与老祭司同一年殒殁的有六百七十五位乡邻。这两个因素冲淡了父亲亡故带来的哀恸。在父亲走以后的时间里，过分频密的送丧祭典已经让新祭司的心冷了硬了。而作为祭司身份的荣耀感的逐步强化，也让新祭司自以为可以君临天下。

老祭司已经离他很远，甚至出了他的视线。

有一件事是新祭司完全无法想象的，就是父亲其实没有走远，他的新家就在近处的坟山之内。父亲每天都会见到他的搭档奇力。

奇力不会告诉新祭司这些话，他永远不可能知道。其实在奇力心里，新祭司和老祭司之间是没有联系的，他们分别只是他的搭档而已。也如老祭司与自己的父亲（更老的祭司），同样都是奇力的搭档一样。

对奇力而言，不同的祭司只是不同的祭司而已，他们之间的血缘和亲情不关奇力的事。

奇力不到五十岁，但他已经与一门三代祭司结缘。祭司活着的时候是他的搭档，死了反倒成了朋友，因为是他引领他们进入到冥界，他是他们的使者。

新祭司已经有了自己的全新生活，他服务于自己的领地和自己的人民，他有远大目标也有高尚理想。

但是巫师的生活却只能一如既往，他根本无新生活可言，因而找不到新的目标和新的理想。过往的经历会在他心幕中刻下印记。对于巫师而言，他的人间朋友只会越来越少，冥界朋友却日复一日地增多。时间久了会有一种幻觉，以为冥界才是他真实的生命。

这是一种奇怪的循环。人明明还活着，心却转向了冥界，正所谓身是人的身，魂魄却是鬼的魂魄。

巫师的儿子那一年二十七岁。按照他从父亲那里接受的祖训，他该在儿子二十五岁上遣儿子回布朗山。那一年因为猴王祭典，儿子没能脱身离开；今年儿子无论如何该去布朗山了。他的家族每一代的间隔都是二十六年，一场灾难打乱了家族繁衍的时间表。

那个夜里他告诉祖先（那个老祭司），他的儿子回布朗山了，儿子会带一个自己的女人回来，女人会为他的家族带来一个孙子。

祖先已经变成了地地道道的老顽童。他活着的时候便对巫师奇力的家族传统很不理解，但是那时候他是道貌岸然的祭司，特殊的身份令他不能与巫师讨论有关生殖的话题。现在他们的关系变了。

祖先尊盘风说："说说，你的家里为什么只能生一个儿子？是你的问题，还是你女人的问题？"

巫师奇力说："生一个够了。一个儿子就可以将家族延续下去，多了也没什么好。"

"真是奇怪的想法。人丁兴旺不好吗？"

"没什么好。祖先，你有六个儿子，只有一个继承祭司的职位，你想过另外那五个儿子的感受吗？新祭司有五个弟弟，谁能肯定他们五个都不想当祭司？如果有一个两个有这样的想法，他们会不会起意去争祭司的位置？"

第
六
章

谷
神
坊
的
贝
玛

"古往今来都是这样，在有钱的家庭里兄弟之间会为了钱而彼此杀戮，有权的家庭更甚。"

"争是人类的天性，这就是我只生一个的理由。无论有什么还是没什么，一个人都没得争。"

"因为怕噎死，饭也不必吃了。因为怕被车撞死，门也不要出了。争与不争是儿孙自己的事情，生一个与多生就唯有你自己来决定了。"

"不是我决定。只生一个是祖训。祖训说生的是男丁就不要再生；是女娃就再生，直到生了男丁为止。我们家运气好，一连十一代，第一个都是男丁。"

"还运气好？人丁不旺你还说运气好？"

"我的家族早习惯了，清净是我们的传统。祖先，我问一句，你说你喜欢人丁兴旺，可是我觉得你一点不关心你的那些儿子。我是你能见到唯一可以去人间的人，你从没问过我你的六个儿子的情况。"

"你说你想问一句，你要问什么？"

"你当真喜欢人丁兴旺吗，还是说说而已？"

"其实那都不重要。你自己的儿孙，那就是你这棵树的枝枝叶叶。儿孙多，枝枝叶叶就多；儿孙少，很像是光秃秃的一根树干。我就没见过你这么想事情的，生一个就够！"

"人生一世，多一事不如少一事。多一个孩子也就多一份忧烦。人生少一点忧烦，我看没什么不好。"

"说人生不如意十常八九，那是他们汉人的说法。我的想法刚好相反，多子多福，多钱多乐，多权力多满足。人生一世，多多益善。我就不认同你这种多一事不如少一事的缩头乌龟，不进取，没出息。"

尊盘风活着的时候就这么霸道，死了还是如此，狗改不了吃屎是一句箴言。尽管他理直气壮，奇力还是不能够认同他的话。

奇力说："祖先一定会认为自己很有出息了？"

"谁会认为一个祭司没出息呢？"

"人们往往会认为一个巫师没什么出息，他充其量也只是一个人自说自话而已。"

"这可是你自己说的，我从没这样说过巫师。你回过头想一想，你我搭档了十七年，我说过吗？"

"是我自己说的。我说的是心里话。我在那边（人间）打交道的人越来越少，连一个朋友也没有，我的朋友都在这边（冥界）。虽然我名义上还留在人间，但其实我早就不是那边的人了。"

"这就对了。南糯山上人的平均寿数不到六十岁，我已经算是活得久的。但是说心里话，我对那边一点也不眷恋，我对那些还活着的后人一点也不关心，我觉得这边的日子才是我想过的。早知道这样，我不会拖那么久，我会早就选择到这边来。"

"祖先，这也是我和你的不同之处。我没你那么多儿子，没你那么多钱，没你那么大权力，也没你那么多开心。但我还是更喜欢那边。我不要你那么多，一个儿子我觉得足够了。儿子刚离开，我就想着他的回来；他不在家，我吃饭不香睡觉不沉。在你眼里，我一定是个没出息到家的家伙，是吧？"

"不是我说你，就是你的心太小了。你除了你儿子，心里什么都装不下。男子汉大丈夫，心里要有天下才是。心里有天下，他们都是你的儿子，你信不信？你不是也叫我祖先吗，叫我祖先你当然也是我的儿子。问问你自己，你是不是我的儿子？"

"当然可以这么说。你的话有一定的道理。"

"我的六个儿子，我从来不强求。他们认我是父亲，但我没把我的意志强加给他们中任何一个。这里有那么多祖先，我的儿子也可以同时是任何一个祖先的儿子。他们和它们都是世界的一部分，我诚心诚意把世界还给世界。"

"祖先，你的话我不是很懂。我只是我。"

"说得好，我只是我，这话同样高深莫测。明天这个时候也许你见不到我，我另外有一个约会。"

"没关系，你有事忙你的，不必一直关照我。"

"说来有趣，那也是个布朗人。他头发胡子搅在了一起，看上去是个脏兮兮的家伙。他很有意思。"

奇力说："也是个布朗人，南糯山怎么会有别的布朗人？另一位祖先早就说过，前边几百年，后边几百年，南糯山上只有我们一户布朗人。"

尊盘风说："也许是我记错了。也许是傈僳人。不对，肯定不是傈僳人。也许是拉祜人。"

"祖先，他们是不是布朗人也没什么关系，用不着为他们的事情伤脑筋。"

"不伤脑筋。可是我愿意把我没说完的话说完。好像也不是拉祜人，更不会是傣族。我想起来了，他说他是布朗人，对，就是布朗人。"

"你刚才说的就是布朗人啊。"

"我说过是布朗人吗？怎么可能呢？"

"祖先，我想到了一个想不通的问题。你怎么会认识另一个那边的人呢？我才是巫师啊。"

"你这个家伙，你简直昏了头了！为什么你会以为你还在那边（人间）呢？你过来也有几百年了吧？对了，你来得比我要晚，可也没晚了许多。"

"祖先，你别吓我，听你的意思，我也死了？我也成了祖先？你是故意吓我吧，跟我开玩笑的？"

"让我算算，我过来多久了。想起来了，两百，整整两百年。你记不记得，你和我谁是先过来的？"

"当然是你，是我亲自领着你过来的。"

"可是我的年纪比你大得多呀。"

"你比我大不假，可是我当巫师的时间比你当祭司的时间要长。我先当了巫师，几年以后才轮到你当祭司。你不会那么健忘吧？"

"你真是啰嗦，一会说我比你大，一会说你的时间比我长，什么乱七八糟的。不跟你说这个了，你这个家伙一点意思都没有。我就没见过一个有意思的傣族人。"

"你脑子糊涂了，我怎么又成了傣族？"

"不是傣族，那你是什么人？"

"我是布朗人啊。"

"我那个有头发有胡子的朋友才是布朗人，你又何必跟着凑这个热闹呢？"

"祖先，你还记得我是谁吗？"

"你为什么要叫我祖先，你要故意把我搞糊涂是吗？

你要告诉我，我已经死了，你还活着是吗？你死了那么久，干吗还要说你还活着？"

"你还记得我是谁吗？"

奇力已经绝望了。刚才还明明白白的尊盘风祖先，忽然之间就糊涂了，他居然分不清人间和冥界，居然会说他（奇力）也已经死了，而且死了许多年。

这些年里他也见过不少祖先犯糊涂，越老的祖先糊涂得越厉害。他们最突出的问题就是混淆了时间。

人活着的时候，第一要义便是时间，一生多少年，三十年还是八十年，说的都是时间。人活着的时候都关心自己的寿数，寿数也便是时间的长短而已。

奇力熟知冥界这边的情形。这边的时间概念明显比人间要淡漠，因为所有的祖先都已经丧失了对寿数的追求。做了祖先，是三百年的祖先还是三千年的祖先，其实也没什么要紧。冥界不以年龄分长幼尊卑，时间的意义也就自然而然地消逝了。

这里人人平等，很像是人间他们说的那个共产主义，没有贫富，没有烦恼。

奇力想通了。原来祖先尊盘风已经进入了更高一级的境界，一个不可相互比附的境界，一个消灭了高与低的境界，一个自由自在无欲无求的境界。

姑娘寨

那么自己的情形又是怎么样的呢？也许尊盘风的话是真的，他奇力当真已经死了许久，也许有将近二百年那么久。

如果尊盘风的话当真，那么他奇力以为自己还活着，明显是自欺欺人。如果尊盘风只是乱说乱讲，那又怎么样呢？奇力自己的结果也不会有丝毫改变，他还是会听见尊盘风的那些疯话，还是会从中悟出他所能理解的道理。

更残酷的是他已经悟出了——活着还是死去——对他而言已经不再是一个问题。而且也没什么不同。

二

贝玛用了三个日夜才听完了祖先尊盘风的故事。

其中有尊盘风自己讲的，也有只闻其声未见其形的其他人讲的。他搞不懂那个声音来自何方神圣，他更愿意相信那是上天的声音。

也许贝玛想多了，也许那只是另一个魂魄的声音而已，它也许是比尊盘风更古老的祖先，他说他能够纵贯古今，所以熟知昨天和明天的一切事。因为贝玛自己就从其中看出了某些端倪，比如奇力或许就是贝玛的祖先。或者反过来，他贝玛是奇力的祖先。

奇力后来悟到的很重要，谁是谁的祖先不要紧，活着还是死去不要紧。可是什么才是要紧的呢？

别样吾来见贝玛，对别样吾而言就非常要紧。不要紧的话，他不会冒着那么大的风险过来。

尊盘风找一只猴子来做送丧的祭典，对尊盘风而言就非常要紧。延续祭司传统是他的使命，他不能够让自己的使命在自己这里夭折。至于后来的瘟疫还是灾难，那都不是当值祭司要考虑的事情。

把那个灾难之年，与为猴王送丧祭典相联系，这是另外一伙心揣龌龊的撰史人的牵强附会。南糯山历史上的确有过一场瘟疫，但是瘟疫本身与为猴子做祭典的传说究竟有没有联系，已经完全不可考。

僾尼人因其没有自己的文字，其历史便格外扑朔迷离，把如此迷雾深重的历史谜团交给一个没读过书的贝玛，要他去判断是非真伪，对他来说就是一个根本不可能完成的任务。

但是贝玛有他自己的角度。尊盘风祖先的故事给了他两条重要的线索：贝玛的祖先，别样吾的祖先。

如果贝玛理解得不错，那个曾经的巫师奇力是他的祖先，那么贝玛自己所具有的超能力便很容易理解了。他的超能力包括三个方面，在睡梦里与祖先相见是其一；铁杵穿腮、赤脚踩火炭是其二；可以前看昨天、后看明天是其三。

贝玛的三项超能力不是他原本就具备的。奶奶和妈妈把他从石头寨最高处遣下来，他对自己还一无所知。他所能做的只有遵奶奶的嘱托种茶树，七七四十九棵乔木茶树。还有就是自己去面对所有的生计问题，他必得活下来。能够让自己活下来是前提，也是根本。

最初一年很艰苦，但他很快就适应了。

人这个东西，最终能留在地球上不是没有道理，因为人有能力对任何困境做出应对的举措。贝玛当然不例外，他不比任何别的人差，或许比绝大多数人还有优势，因为他有祖先的眷顾。

话不能随便说。贝玛知道自己受到了特别的眷顾，但他其实不知道眷顾他的是谁，是祖先还是上天？因为最初是一连串的梦魇，每天闭上眼睛都会走进祖先的世界，所

以他以为眷顾来自祖先。后来想想不对，至少不全对。因为即使是祖先，也未必能够拥有铁杵穿腮、赤脚踩火炭的本领，只有巫师才做得到这些。祖先没这些本领，它就不可能是来自祖先的眷顾。

如若不是祖先，那就只有上天了。

贝玛将已经发生的这些事情一步一步捋下来，先前的茫无头绪就逐渐清晰了许多。

尽管很少与乡邻打交道，许多事情他还是知道。诸如这个时代早已经没有了巫师，巫师制度被指是封建迷信，是统治阶级愚弄百姓的手段。所以连贝玛自己也不知道，自己的那些特殊能力是巫师所具有的。

没有关于尊盘风的故事，他至今仍然不明白那些特别的能力是什么，能够派什么用场。

还有就是关于祭司的。祭司原来是如此神奇的人物，单凭他与别样吾的一面之缘，他完全想不出这个行将就木的老人家居然曾经叱咤风云，可以对整个南糯山发号施令，他年轻的时候一定非常了不起。

贝玛深信如此非凡的人专门来找他，一定不只是为了向他炫耀自己的过往。贝玛对南糯山来说完全无足轻重，除了自己的奶奶和阿妈，没有人当他是一回事。但他的确有常人所不具备的超能力，只有巫师才有的能力。一个曾经的祭司，一个没名头的巫师。

这情形很像是月亮遇上了太阳。月亮横亘在我们与太阳之间，白天在一个瞬间变成了黑夜。那个瞬间是我们所见过的最奇异的一刻，之前的和之后的那些过程都会被忽略和遗忘。

但是那一刻不会，永远不会。

贝玛意识到有什么不同寻常的事情要发生了。

现在是贝玛要见到别样吾。他一定要见别样吾。他与别样吾的缘分太久了，居然有两百年之久。重新接续两百年前的缘分，这不仅是别样吾的使命，也是贝玛的。

他想起一个细节，别样吾讲到的细节，就是《雅尼让》。《雅尼让》是傈尼人的，他不是傈尼人，他之前和之后都没见过《雅尼让》。但是他从尊盘风的故事里了解到《雅尼让》的重要。对一个祭司家庭而言，《雅尼让》是世代传承的经典，但也只限于祭司家庭之内。别样吾有一个错觉，他以为《雅尼让》属于所有人，也包括一个没名没分的布朗人巫师。

那个发生在两百年前的波澜壮阔的故事，起因在《雅尼让》，最终付出了六百七十六人的生命的惨痛代价。贝玛能够想得出《雅尼让》非凡的价值和意义。

那么别样吾专程找他，是不是与《雅尼让》有某种特殊的关联呢？完全可能。如果那样的话，贝玛又能在其中扮演怎样的角色，发挥怎样的作用呢？

他自己对《雅尼让》一窍不通，而且他从关于尊盘风的故事里知道，他的祖先巫师奇力同样对《雅尼让》全无知晓。《雅尼让》属于傈尼人，属于傈尼人的祭司。很明显，它从来不属于一个布朗人巫师。

再见到别样吾，他要把这一层意思告诉老人家。

他找别样吾比别样吾找他要容易。别样吾是寨子里的人瑞，男女老少没有一个人不知道他。况且中寨只有那么稀少的几户人家，况且看上去冥顽愚钝的野蛮人贝玛，其实比这个世界上绝大多数人要聪明得多。贝玛见到别样吾的时候，刚好老人家里没别人。

别样吾说："小子，我就知道你会来找我。"

贝玛说："我是晚辈，理应过来登门拜访。"

别样吾起身去准备茶，贝玛拦住他。

贝玛说："老人家，你坐，我来沏茶。上次你夸我的茶香，我特意给你带了一些过来。"

别样吾说："难得你那么有心。跟你说句实话，我夸你的茶香，那也只是客套而已。我不是说你的茶不好，我是说我早已经没了味觉，吃什么喝什么都觉不出任何味道。人总是会客套的，别把客套当真。"

"老人家夸我的茶，我还是很开心。我不管老人家是不是客套，带一点茶也是晚辈的一份心意。"

"我猜你已经见过他们了。你知道我说的是谁。"

"如果你问的是祖先，是的，我见过。"

"你提了你的问题吗？他们又是怎么说的？"

"我遇到一位跟你一模一样的祖先，只是比你要年轻很多。我起先还以为是你的儿子，你高寿，你的儿子走在你前面也不是不可能的事情。"

"你说得不错，我有两个儿子已经在我前面走了。你遇到的是吾甘大还是吾甘二？"

"都不是。他叫尊盘风，他是二百年前的祖先。"

"那可是我们家族里最霸道也最风光的一个祖先了。他是家族的传奇，家族里没人不知道他。"

"怪不得。他的确很霸道。他的故事很精彩，他自己讲他的故事，别人也在讲他的故事。"

"你说别人也在讲他的故事，那个人是谁？"

"我不知道。讲故事的那个人一直躲在声音后面。我在想那是不是上天自己？我怀疑，除了上天，还有谁能以那样的方式讲故事？"

"既然你觉得那故事精彩，之后一定要讲给我听。隔了几天了，你对我去找你，心里有谱了吗？"

"我有一点心得，但是不知道算不算有谱。我听到的故事都是关于尊盘风的。尊盘风当年还有一个搭档，石头寨的布朗人巫师奇力。你一定知道奇力。"

别样吾摇头："我不知道。不过有祭司就一定会有巫师做他的搭档，我想当年应该也是这样的情形。"

"你是老祭司尊盘风的后代。而我呢，我就是当年的巫师奇力的后代。当年的尊盘风有事情必得联络奇力，而今别样吾来联络贝玛，这是一种巧合吗？"

"而且这个别样吾是末代祭司，而且这个贝玛虽没名没分却有巫师同样的本领。天下哪有这么凑巧的事情？"

"老人家，我这么想事情算是有谱吗？"

"很有意思，非常有意思。我找你的事情，祖先是怎么说的？我想听听祖先的想法。"

"祖先只会一心讲他们自己的故事，他们一点不关心我的问题。我对他们来说就像不存在一样。"

"可你还是在他们的故事里听到了你该听到的。所有的奥秘都在尊盘风祖先的故事里。"

"是为猴王做送丧祭典的那部分吗？"

"猴子不是人，拿猴子做人的祖先肯定是对祖先的冒犯。尊盘风祖先应该明白这个道理，但他还是一意孤行，他就不怕自己的祖先降罪给他吗？"

"但他的初衷是好的啊。他为了完整地传承《雅尼让》，我不认为他做了不该做的事。毕竟《雅尼让》不仅仅是法典，它同时包含了一整套经验。经验也是《雅尼让》的一部分。我不认为尊盘风祖先有错。"

"回过头来看，也许原本就没有对和错。拿猴子当人的祖先，这是祖先们不能接受的。上天的裁判往往会倾向祖先，因为那些祖先就围绕在上天身边，所以上天会降罪。需要上天表态的时候，他得表态。"

贝玛想告诉别样吾，他认为是上天错了，上天拿六百七十六条性命去惩戒犯了错的祭司，上天的天平显示了明显的不公平。这些话贝玛没说出口，无论如何，他一直都是上天的一个忠诚的仆人，他还不习惯责备上天。

别样吾说："我倒是没觉得那场灾难死了那么多人就一定是坏事。我们可以设想一下，如果那些人没死，那么今天的南糯山上就会有超过十倍的人口。南糯山有能力养活那么多人吗？我很怀疑。"

贝玛说："你是想告诉我，那场瘟疫是天意吗？是上天觉得山上的人太多了，所以重新安排了一切？那样的话就太神奇了，完全想不到。"

"天意不可违，天意也不是我们可以揣摩的。"

"别样吾爷爷，说吧，你想叫我做什么？我知道你来找我是一种使命，不然你不会找我。"

"小子，尽管你已经有了那些非凡的本领，我还是不能像你阿爸那样叫你贝玛，因为你毕竟没有名分，我不能坏了这一行的规矩。你应该能够理解。"

"我理解。你要我怎样，你就直说好了。"

"按你奶奶说的，去布朗山找你的女人回来，为你的家族生一个儿子。"

贝玛诧异："这就是你找我的本意吗？怎么可能？居然会跟我奶奶说的话一模一样。"

"小子，我的话还没完。不一样，后面的情形不一样。我要找的人其实不是你，是你的儿子。"

"可是我连老婆都还没有。"

"会有的。老婆会有的，儿子也会有的。上天已经给我规定了寿数，我还有五年，整整五年。"

"别样吾爷爷，你是要告诉我，你要等着我娶回我的女人再生下我的儿子，然后你来找我的儿子？"

"正是。两年以后你的女人会死去，然后由我来教你的儿子。我和你的儿子至少有一年的时间。你的儿子聪明绝顶，有一年已经足够了。"

"也许我不该问，是……《雅尼让》吗？"

"你知道不该问就不要问了。"

"可是我在想，也许你还有别的儿子，也许你的儿子已经又生了儿子，为什么不是他们呢？"

别样吾摇头："没有别的儿子了。儿子生了孙子不假，而且有四个孙子，四个孙子也都生了他们自己的儿子，总共有十三个。但是没他们什么事。我是最后一个，我离开祭司的位置也已超过六十年了。"

"可是你为什么选中我的儿子？"

"不是我。我同样不能告诉你为什么是你的儿子，因为我自己也不清楚。你别怪我，不是我要诅咒你，不是我

姑
娘
寨

156

要你日后的女人去死，这都是命。是你的命，也是他们自己的命。人犟不过命的，这你知道。"

尊盘风祖先的话犹在贝玛的耳边，他做了南糯山历史上最著名的祭司，但他自己又说做祭司一点儿也不好玩。连祭司本人也不看好祭司这个职位，这一点令贝玛的内心很沮丧。倘若自己的儿子日后当真做了祭司，那么儿子的命运又该如何呢？儿子不是僾尼人，他又怎么有资格做僾尼人的祭司呢？贝玛陷入迷茫。

他还是个童男子，老婆在哪里八字还没一撇，他却已经在为不存在的儿子的一生而纠结了。

可能要继承僾尼人的祭司职位，这对一个还没降生的布朗人男孩来说是福还是祸呢？

三

离南糯山有百里之遥的布朗山，是另一座名闻遐迩的普洱茶名山。在普洱茶世界里，景迈山、哀牢山、易武山、贺开山，加上布朗山和南糯山，是为六大名山。其中以布朗山为最。

最早种植普洱茶的便是布朗人，可以说布朗人是普洱茶的先祖。布朗山上的班章古树茶已经成为整个普洱茶的标杆，可谓名满天下。

布朗山隐藏在崇山峻岭之间，耸立在中缅边境之中国一侧，交通极为不便，是个与世隔绝之地。

布朗山是贝玛的祖居之地，是他的故乡。

按照他奶奶和别样吾老人家的说法，贝玛的女人就在他的家乡山寨里等他。他们家族的情形都差不多，到了该回去的时候，家里唯一的男丁便会回去。家乡寨子里也一定有一个适龄的女人在等着他把她娶走。

等候贝玛的女人叫马莉雅。别误会，马莉雅是本乡本土的布朗人，她的父亲是曾经出了布朗山去昆明读书的西谷。读书的时候，西谷为了与别的同学缩小差别，自己做主为原来的名字加了一个姓氏。西谷喜欢马，所以就将马用作了自己的姓氏，叫作马西谷。

马西谷娶了另外一个出门读书的布朗人女孩。他带女孩回到自己出生的山寨，他们还是继承家庭的弄茶传统。他们自己的家里有一片古老的大树茶园，他们有一个女儿叫马莉雅，另有一个小儿子叫马帮。

马莉雅没被阿爸阿妈送出去读书，她就在家里帮阿妈做茶。是阿爸做主不让她读书的，阿爸认为读书会闭塞孩子的心智。这一点阿妈并不赞同，但阿妈不是那种凡事要争执要出头的性格，她在女儿的教育问题上对老公做了让步。但是到了儿子，她不让了。

儿子自幼由她自己教育，而她当年曾是云南师范大学的高才生，她有信心教好自己的儿子。

很难说是阿爸对还是阿妈对，姐弟两个人在同一个家庭里长大，接受的却是完全相反的教育。

弟弟是百分百的好学生，成绩在班级里，在年级里，在学校里，几乎永远是第一。偶然一次的第二，居然让这个坚强的男孩哭湿了枕头。

姐姐却从没碰过任何书本。这也是阿爸的安排，阿爸规定了她不能够去阿妈的书房，家里所有的书都在阿妈的书房，而她的闺房里没有一本书。马莉雅就是在这样一种完全与书隔离的环境里长大的。

马西谷并非不重视女儿的教育，女儿是他的心头肉，是他的掌上明珠，他很早就为女儿制订了一整套让她学习的方法。

马莉雅的知识全部来源于自然，她认得布朗山上的每一种树，每一种草，每一种昆虫，连同每一种小动物。马西谷自己收集所有布朗人的民歌教给女儿，女儿的歌声像山里的泉水一样清清亮亮。马西谷自己精通布朗人的历史和风俗，他把这些当故事讲给女儿听。

马莉雅打小就成了名符其实的布朗人的小百科全书。马西谷是个了不起的父亲。马莉雅是个美丽聪慧而温婉可人的女儿。

马莉雅十九岁了；弟弟十三岁，这一年刚好上初中。初中在勐海县城里，阿爸阿妈一同送儿子去勐海。儿子日后要住在勐海，阿爸阿妈要为他安排好在县城里住读的所有事宜。之后阿爸先回来，阿妈还要陪一段时间，要等儿子完全可以自理后阿妈再走。

就是在这个空当里，贝玛回了寨子。他的落脚处是姨妈家里，而姨妈刚好是马西谷的邻居。

马莉雅一个人打理自家的茶园，见到邻家的外甥贝玛是再自然不过的事情。一切都是上天的安排。这一年贝玛二十五岁。

他们这个寨子不大，只有三十一户人家。那段时间里，十八岁到三十岁这个年龄段的男丁，寨子里一个都没有。贝玛的回来填补了这个空白。换一种说法，全寨只有刚回来的贝玛，他的年龄适合已经到了婚嫁年龄的马莉雅。首先考虑到这一层的就是贝玛的姨妈。

姨妈来提亲，这才知道马西谷和孩子的阿妈都去了勐海。姨妈是热心肠，也知道外甥回来就是要娶一个地道的布朗女人去南糯山，这种事情她不能够直接跟马莉雅讲，但是姨妈有自己的办法。

她先让贝玛彻底洗了澡，修理好蓬乱的头发和胡子，之后用手机为贝玛拍了许多张照片，挑选出其中她认为最好的几张。她给马西谷打了电话，明确表达了提亲的意愿，并且将照片发给马西谷。

马西谷对他的邻居很信任，对她介绍的这个小伙子也满意。他询问老婆的意见，老婆让他做主就是了。于是马西谷提前赶回了家乡的寨子。

平心而论，贝玛是个标致的男人。个子不高不矮，身量不胖不瘦，又很结实。他的眼睛很亮，通常眼睛有神的孩子都聪明。

马西谷不顾及贝玛可能会反感，他反反复复与贝玛聊了长长的两个时辰。

他发现贝玛与马莉雅有很多相似的地方。贝玛没读过书，马莉雅也没有；贝玛认识山上所有的动物和植物，马莉雅也认识；贝玛总会耐心地听马西谷的各种各样的话题，等着他讲完再一板一眼地回答，他的回答总会恰到好处，这一点与马莉雅很像，马莉雅也从不会抢话。

贝玛一下子通过了马西谷相对苛刻的测试。

更为要紧的是，两个年轻人彼此都有眼缘。贝玛喜欢马莉雅（就没有人不喜欢这个可爱的女孩），马莉雅也对贝玛一见钟情。她后来悄悄跟阿妈说，她像上辈子就见过他似的。事情就这么顺利地定了下来。

山里人原本就淳朴，姻缘经常是一拍即合。

以马莉雅阿妈的想法，阿爸最好送马莉雅过去，也顺便看看贝玛那边的环境。

可是马西谷反对。他的理由很简单，既然对贝玛这个人满意，就不要再到人家那边去挑三挑四。而且贝玛的阿妈马西谷是见过的，当然是许多年之前了，她比他要年长些，她嫁走的时候，马西谷还是个男孩。

对马莉雅而言，阿爸不去送她让她心里大大松了一口气。阿妈的心思她理解，哪一个女人都希望自己的女儿嫁个好人家。

在与贝玛交谈的过程中，她已经了解了贝玛的家庭状况。贝玛没瞒她，告诉她自己已经和奶奶、阿妈分开了，而且也说了自己住在旧茶厂废弃的房子里。马莉雅担心阿爸若是去了，看到这样的状况，他和阿妈也许会为她担心。

马西谷和马莉雅的阿妈开着自家的车子把女儿女婿送到勐海，他们就在勐海的汽车站与女儿道别。

贝玛带着他的马莉雅搭上了去南糯山的中巴车。

第六章　谷神坊的贝玛

第七章

谁在质疑帕亚马的存在

一

老爸走了以后，我在原地站了很久。

刚才是我一时冲动。我让老爸回去，是因为我从他的故事里悟出了一点特别的东西，我相信那就是天启。那个人已经拒绝了老爸，只要老爸在，他便不会现身。我相信老爸的离开会是一个契机，会让他考虑可否与我相见。

我想象也许他正藏在附近某一棵树后面，正在犹豫要不要走出来。如果那样的话，请你不要再考验我的耐心和诚意，我之所以留下来，就是为了与你相见。老爸是你的朋友，我同样是你的朋友。如果老爸对你有什么得罪，我会代老爸向你赔罪。

你为什么还不出来，我已经站了有一支烟的工夫了。我左脚的跟腱有一点酸，刚才来的路上不小心撞了一下。我平时不习惯站，也站不了多久。走路没问题，走得再远也没问题。

老爸把你说得很神。老爸写了一辈子小说，什么事到了他嘴里就不一样了。老爸跟我讲了你，他说他拿不准你是怎样一个人。你当然是一个猎人。老爸年轻的时候，最喜欢的就是猎人。他写过不止一个关于猎人的故事，很多人喜欢他，就是因为这个缘故。

可是这一次他没说你是猎人。他讲了很多你们两个之间发生的故事，特别讲了那个你把大野猪的后腿掰开又折下来的事情。他为什么认不出你是个猎人呢？

说真的，我不能再站下去了。我说了，我站不了那么久，我们走走好吗？向上还是向下？向左还是向右？我听你的。我一个人不好乱走，这是我生平第一次进原始森林，我不知道自己会不会迷路。老爸说你曾经让一只叫黑象的松鼠为他带路，如果你自己这会儿不想露面，就把黑象派给我，可以吧？

我的自言自语不知他听见了没有。老爸说的黑象没有出现。天色暗下来，我也明显觉到了温度在下降，下意识地将身上的山羊皮猎装裹紧。

我已经意识到了自己的处境不妙，我先前所期望的是老爸走了那个人马上会出来。我忽略了另外一种可能性，也许那个人没在。老爸先前说过，他还有第二个家，也许他现在根本就没住在这里。如果那样的话我就惨了，我没有老爸那么好的运气，没有一只黑象为我带路。很难想象我一个人能找到他的第二个家。也许还有第三个可能，也许他已经搬到第三个家了，我又该如何呢？

我不承认我害怕了。第一次进原始森林，又是一个人，我不信谁会不紧张。但我不认为紧张就是害怕。敢让老爸回去，敢把自己一个人留下来，就是要证明我不害怕。不是给别人证明，是证明给自己看。森林里除了猎人不会有别的人，我也不期待会意外遇到别的人。说心里话，无论是这里的鬼还是欧洲的鬼，我都不怕。如果一定要说怕的话，我怕人，尤其怕突然出现的出乎我意料的人。

遇到老爸说的那个猎人还行，不要是别的人，千万不要。我留下来不是为了任何别的人。

这个猎人叫什么来着？老爸提过他两次，两次我都没很留意。因为在让老爸离开之前，我根本就没想过跟这个人打任何交道。是忽然生出的念头，先前竟完全没有预兆。现在我要一个人跟他打交道了，有他的名字肯定更方便。再仔细想想，没名字也不是不可以。如果只是面对面讲话，我说"你"就可以，应该可以应对任何局面。

二

老爸说有一条向上的路，说那条路有点曲折，但是他一米八四的身高可以直着身子往前走，就是那只叫黑象的松鼠带他走的路。我一米九四，是否也可以勉强通过？实在不行的话，猫一点腰也不是问题。

我就从寻找向上的方向入手。我打开手电筒。我的手电筒是那种军警专用型的，非常亮，直接照在人眼上你会受不了。四周密密匝匝的次生林中，刚好有两个可以出入的豁口，一个朝下山的方向（应该就是刚才老爸离开的那条路，或者也就是我和老爸上来的那条路），另一个在相反的方位——向上。这里没人可以商量，所以做决定不必犹豫，就是它了。

起步之前，我特别仔细地往豁口前方照了又照，我当然希望能发现一只黑黢黢的松鼠。老爸说的黑象显然没在这里恭候我。在当然更好，没在也没什么了不起，有山靠山，没山独立。我踏上属于我自己的征程。

这条路我直着身子走也不是问题。说它曲折，当真名副其实。它几乎就没有一段超过三步的直路，不停地左拐或者右拐。

为什么会有这样一条路呢？应该不是猎人的选择。人在林子里选择路或者以刀开辟，会尽量取一条相对平直的路，会考虑向前的效率，不会这样一会儿向左一会儿又向右，这样行进的速度实在是太慢了。

不是人，又会是谁呢？最大的可能性是熊，如果南糯山上有熊的话。猫科动物没有这种开辟道路的能力，哪怕是再大的猫科动物也没这个能力。据说这里有象，象有这个能力；但是这些弯和林间空隙的宽度又太小太窄，容不下象这么大的动物转身和行走。犬科野兽就更不行，它们比猫科还差得远。只有熊。

这么想就觉得瘆得慌了。走在熊路上也就意味着有可能与熊碰头。再小的黑熊，我也不是对手；大熊的话，狮子、老虎也得避让三分。

不过也不必先把自己吓死。我的手电光非常厉害，直射到人眼会让人瞬间失去视力辨别功能。我猜野兽也一定受不了如此强光，所以无论碰到什么鬼东西，出于对强光的忌惮，它都不会选择主动攻击。再有老爸的这根高强度铝合金拐杖，也是个防身的利器。拐杖有一个钢制的尖头，它能牢牢插入各种坚固的地面。

连我自己都能够觉到，我的勇气正在不断增加。

我觉得自己像狼狗那样竖起耳朵，仔细地分辨着来自四面八方各种各样的声音。我不时地将手电光突然180度转向身后，意图给可能来自身后的危险一个措手不及。

这样几个回合之后，自己心里也觉得好笑。我知道我在自己吓自己。又一转念，觉得这样也没什么不好，小心驶得万年船是亘古不变的箴言。行走在如此危机四伏的森林里，又是在暗夜，倘若此时此地真有一只松鼠蹦蹦跳跳地在前面带路，我会心安理得地跟在它后面吗？我想我没那个胆子。我庆幸没遇上黑象。

事实是我运气太好，我在如此险恶的境遇下，遇见的是前方若隐若现的另一束手电光。而且很明显，它的光束远不如我的那么亮。这就让我有了心理方面的优势。假如是对垒的双方，我的兵器远比对方要强要利。更主要的，对方已经暴露了自己的位置，已经引起了我的足够警惕。

当然了，对方完全可能是故意的，如同是在远远的前方先打一声招呼。故意也就是善意，故意让对方有心理准备，那样的话，就已经明确了善意。

一次善意的遭遇。

我心里没有排除他可能就是老爸说到的那个人，那个我今夜主动去结识的猎人。毕竟这里没有一户人家，又是在大山之上，在人迹罕至的大森林里。一束全不设防的手电光，标示着前方是一个在与你善意打招呼的人，不是老爸的那个猎人朋友又会是谁呢？

手电光停下来，我也站住。我们都没把光束射向对方，就像公路上交会的两辆车那样，彼此都用了近光灯。

我说："我是姑娘寨的，是上海来的那个老师的家里人。请问你是哪位？"

他说："我知道上海来的老师。我住山上，老师还来过我家里。"

"我爸说他在山上认识一个猎人，就是你吧？"

"我叫贝玛，不知道老师说的那个人是不是我。"

我与他之间的距离超过三十米，我们看不清彼此。两个回合的对话已经消除了我们之间的壁垒。手电光告诉我，他又朝我的方向过来了，我于是迎上前去。我马上看到了他手里的那张不大的弓。

我说："我爸说第一次见你，你手里就拿着弓。"

他说："我在山上通常会拿着弓。"

"我爸还说那一次你打到一头很大的野猪。"

"野猪？没有啊。山上几十年没见过野猪了。其实我也算不上猎人，随手打一点山鸡算什么猎人？"

我知道老爸在吹牛了。他把自己遇到的事情吹得神乎其神。也许他说的打野猪不过就是一只竹鼠而已，把竹鼠放大一百倍就成了野猪。

我说："你们也吃竹鼠吗？"

"吃啊。在山上都喜欢吃竹鼠。"

我打心里笑了，老爸真是有意思。也难怪，谁让他是个小说家呢？小说家就有这样的本事：把竹鼠变成野猪，把一个小个子猎人变成施瓦辛格那样的彪形大汉。他肯定只有一米七的身高，体重应该在六十公斤上下的样子。

"我爸说你很高，所以刚见面时我没认出是你。"

"老师的个子很高，你们都高。你上山做什么？"

"我爸说你有一个家在上面，我想去你的家，想和你认识一下。你呢？"

"我不住上面，我在下面住。"

"在寨子里吗？"

"我不住寨子里。你知道那个老茶厂吧？老茶厂有很多旧房子，我住那儿。走吧，去我家喝茶。"

"你不是有个木房子在上面吗？"

"我上面还有一块古树茶地。那个棚子是采茶的时候歇脚用的，人不住在上面。"

老爸把木屋说得神乎其神，却原来只是个采茶歇脚的地方。看来职业小说家的话仅此而已，如果他说遇到了一支军队，十之八九那只是一队蚂蚁。

老爸说过山上有一处老茶厂的遗址，说茶厂是国民政府建的，那些人都留过洋，厂房和宿舍都是洋楼。他所说的国民政府是旧社会的事情，距今再近也有七八十年光景。猎人住在茶厂遗址当中，想想也觉得挺有意思。

我跟在他身后，用我的手电为他照路，他索性关了他的手电。他走的是另一条路，明显与我那条路不同。严格地说，我走的根本算不上是一条路，只能算是林中的可以容人通过的缝隙而已。他走的是名副其实的路，基本上可以容得下两个人并肩前行。

到了。用手电照照，大部分厂房的损毁已经相当严重，有一个角落的屋顶已经塌掉。站到厂房的另一边，隐约可以看到一道天桥从厂房的二层向坡上伸过去。坡上似乎还有比较完整的建筑，被树和其它植物给遮蔽了。我注意到窗上起拱的部分都是砖砌的，有西式建筑的造型结构，墙的转角也都设计得很讲究，明显看得出既有历史，

姑娘寨

也有来头。

他用手电往上边照："那边有一片住人的房子，大部分都倒塌了。"又把手电指向下面，"那边还有一片，坏得没那么厉害。我修了一下，可以住人了。"

我问他："就你一户吗？"

"就我，我女人和孩子。"

"还有别人住在这片老茶厂里吗？"

"没有。厂子废了许多年，早就没人了。"

"那你又何必住山上？是因为有茶地在山上？"

他说："我女人病了。山上草药多，我自己懂一点草药，住山上弄草药方便。"

他的情形跟老爸有点像。老爸考虑的是换水，说山上的水好。说上面没人居住也就没污染。

生了病的人想的就是跟常人不太一样。老爸是大学教授，可他经常说的是，虽然他一辈子走过很多地方，最终的选择还是跟南糯山的山民们一样，选择他们那样的生活。好水好茶好空气。

这一位关心的是草药，他就是个本地的山民。跟老爸的相似之处，只有他女人生病这一点。

他的房子充其量只能说是半幢，因为另一半已经塌了顶。塌顶是由于墙倒了一段，从断口处可以看到墙体是土坯堆砌的，墙面另挂了一层白色的灰泥。老房子的屋顶是人字架，木构件的接合处用的是铁制螺栓，与本地木楼的那种榫口和木楔结构根本不同。

说半幢，其实面积也很大，足足三个大的开间。每个开间都有自己的门和窗，前面一门一窗，后面是对应的两个窗。它的三个门上都有钉锔，但是都没上锁，只用了黄豆粒粗的U字形钢筋倒挂在钉锔上。

我们进来的这一间当中是一个茶台，有几只木凳；靠墙的地方是一溜原木搁板，上面放着电磁炉、电水壶之类的东西；另一面靠墙的是一个三层的搁架，摆着一些自制的茶品，有茶饼，也有竹筒茶、沱茶。

他们住的是另一间，还有一间存茶。

我知道我该改称呼了。我一直没机会直接称呼他，但我心里一直当他是猎人。见到他之前，他是老爸故事里的人物。见了他则自以为是地当他是猎人（更正了老爸把他传奇化的描述）。结果都不是，他只是山上的一个茶农，仅此而已。

他动手在未熄的火塘上拨弄、加柴，明火燃起来了，之后从水瓮里舀水、烧水。

我说："还没问过你，你贵姓？"

他说："贵姓是什么？"

我说："就是问你姓什么，叫什么。"

他说："我刚才说了，我叫贝玛。"

我说："真有意思，我的名字也有一个马。"

他说："我知道。"

"你怎么会知道？"

"南糯山都知道马老师。"

哈，老爸原来是一个人尽皆知的人，马老师。

"贝玛，你们的收入主要靠茶吗？"

"就是。整个南糯山都是靠茶。春茶下来的时候，全国各地的茶老板都会上山来收茶。春茶要忙一个月，一年里一大半的收入都靠春茶。"

水开了。贝玛从一个纸箱里抓一把散茶，沏茶。

我注意到纸箱上的一行小字：2015年春茶。

"今年的春茶？"

"今年的行情不好，上山收茶的老板比往年少，价钱也压得低。大家都舍不得出手，不肯降价。结果很多茶都压在手上。"

"不是说普洱茶不怕放，放得越久茶越好吗？"

"话虽这么说，但做茶的谁也不愿意茶压在手里。"

我啜了口茶，有异常突出的苦涩味，但是瞬间变化了，满口的回甘，清香之气瞬间蔓延到脏腑各处。

我说："真是好茶！都说普洱茶越久越值钱。"

"这茶就是上边那块茶地的，都是老茶树，五六百年的，"他双手比画着，树径应该在二三十公分，"这么粗。采茶的时候，人要爬到树上。"

"我在电视上看过上树采茶。茶树又高又大。"

"上面那块地的茶最好，都是大树，海拔也最高。原来说好的给一个老板留着，他往年出的价钱最好。结果今年他没来。我担心他是不是出什么事了。"

"这种事说不定。当官的出事，一查后面跟着一串老板。当官的是受贿，行贿的不是下属就是老板。"

"老树的普洱茶值钱，放得越久就越值钱。可是我们要吃饭，要穿衣，要花钱，我们不能等上二三十年再卖茶。每年新茶下来，我们巴不得马上卖掉。"

我点头："当然了。存茶等着卖高价的是那些茶商，他们有库房，有实力，你们茶农赚不到这份钱。"

他说："没有谁家里故意要存茶，存茶都是那些当年卖不掉的。即使存上两三年，价钱也差不多，没有哪个茶老板肯为三年的存茶多出钱的。"

"我也听说了，那些特别贵的陈年普洱至少要在十五年，甚至二三十年的也有，那就能卖到天价了。"

我们聊着这些，我心里已经开了小差。

听老爸讲这个人的故事那会儿，我当真以为自己也许有机会走进灵异的世界，甚至不惜跟老爸做一次慷慨悲歌的道别（其实是撺他），大有虎穴龙潭也要去闯一下的豪情壮志。谁曾想到会是一个天大的玩笑，充其量也只是到一个茶农家里喝杯茶而已。

早知今日何必当初。这是我第三次上南糯山了，每一次也都有机会到别人家里去喝茶品茶。有两次是老爸的朋友来玩，我随着老爸和他朋友到别人家里买茶。

这一次唯一的不同也只是在夜里，而前几次是白天。喝茶、品茶、聊天，一切都一模一样。

我看看表，马上就零点了。我向贝玛告辞。

三

从茶厂旧址回到姑娘寨很容易，一路有路。

老爸还没睡，他给我开的门。他这一辈子都晚睡。他晚睡的坏处，在于又抓了我的笑柄。撺他走的时候，我豪情万丈，仿佛战士上前线一般。可是不久之后却灰溜溜地出现在家门口，真是糗到家了。

他没睡，我也没睡意，其结果便是两个人对聊。

我受不了被人嘲笑，尤其受不了老爸嘲笑我。所以我决定反客为主，毕竟他也有把柄在我手上。他那个云里雾里、神乎其神的关于贝玛的故事，说到底只是一个职业小说家的故事技巧，被我窥破了真相，看他会如何解释。我暗自得意，自以为已经占了上风。

　　老爸喝红茶，他也为我倒上了红茶。我在琢磨着怎么开口，也在揣摩他会怎么开口。我决定让他先开口，这样我会把主动权握在自己手里。

　　我没主动说我，所以他只能先开口。

　　他说的是："没迷路吧？"

　　"没有。"

　　"夜里反倒不容易迷路。夜里找路靠直觉，而直觉往往是可靠的。"

　　老爸这家伙到底狡猾，他自说自话，不问我。他让自己的话画上句号，这样一来，我仍然处于被动。

　　我犹豫再三，是等他再说话还是我自己开口？

　　他又开口了："累了吧？累了就去洗个澡，早点儿睡。"

　　我怎么睡得着！我知道我拿他没办法。他不想问也不要紧，我自己开口，我说我的。

　　"老爸，你就不想问问我见到他没有？"

　　"他？你说的他指的是谁？"

　　"当然是你的传奇英雄贝玛。"

　　"帕亚马。怎么扯到贝玛那儿去了？"

　　"老爸，是你听错了，他叫贝玛。"

　　"帕亚马。贝玛是另外一个人。"

　　"我百分之百肯定他叫贝玛。当初是你听错了。"

"那个贝玛我认识。他跟帕亚马没一点关系。"

"是你说得乱，老爸。你说他的那个第二个家的木房子，那是他们歇脚的地方。包括第一个，那个树屋，这两个都不是他的家，充其量都只能歇歇脚。因为我去了他家，他住在那个老茶厂的废墟上。"

老爸不再应声了，从他眼神里看不到他的内心。我把经历的那些讲给他听，他一直一言不发。但是显然他对我讲的一切有兴趣，他一直看着我，一直在听我说。

我说得自己都觉得没劲了，从心里把我一个人经历的那些事捋一捋，有哪一件是值得说给人听的呢？没有，没有任何一件事，甚至没有任何一个细节。

细想一下，之所以对自己经历的这一切很想跟老爸说道说道，是因为老爸先前津津有味地讲述的那个故事。

所有的细节对应到老爸的故事时都是一种颠覆，所以那些细节既不是无聊也不是没意义。我要跟老爸聊，无非是在期待老爸的反驳。

如果老爸不是保持沉默，不是一直在倾听而一言不发，其实那会是一场有趣的对话。由此看来，老奸巨猾是一个充满玄机的成语。老爸之所以不搭腔，是因为他早就知道这一场对话会陷他于尴尬。

我参不透他怎么就可以未卜先知。

可以肯定的是，他对我经历的这一切一无所知。既然他不知道，他又怎么能先挂起免战牌，先退出这场顺理成章的原本该进行的对话呢？依照常情常理，我忽然回来了，他绝对该问一问。可是他不问。我讲的一切都与他讲的相冲突，他绝对该一一反驳，可是他不反驳。

太蹊跷了。

我想不出别的解释，只能说他是未卜先知。

没有人认为这是父子之间的一次博弈，因为压根没有人注意过这回事。小姨和小弟也没有。博弈是需要裁判的，没人知道，没人注意，自然也就没裁判。

只是这么想一想已经够没劲了。短短几分钟里的第二次没劲。没劲透了。

不过我是因为想家才回家的，回来的时候心里有很多的担忧，担忧老爸会出什么意想不到的问题。现在看来我只是杞人忧天而已。老爸除了奇思怪想，显然没有其它问题。他这一辈子都是个奇思怪想的家伙，奇思怪想在他根本就是常态，根本算不上问题。

老爸没问题，我也就心宽了，我该走了。

来一次不能白来，走以后也没把心彻底放下。我于是把这个故事写下来给老爸。这也是我小时候老爸的嘱托，他说如果遇上有意思的事情又碰巧没忘，就把它用文字记下来，以后看看会很有意思。

标题是先拟就的，回头看看不是很恰切，打住。

第八章

搅局者罕布

一

　　这一天别样吾家里来了位稀客，他也是姑娘寨的新村民，大家叫他马老师。别样吾知道他是从上海来的，是大学里的老师，也远远地看到过马老师这个人。

　　马老师在寨子偏下面一点的路边建了自己的房子，他房子的特别之处是砖红色的屋顶。

　　别样吾年轻的时候受过很好的教育，所以他对有知识有学问的人很敬重，也很景仰。他年龄大，很少参加寨子里的聚会，因此一直没机会与马老师接触。

　　马老师来拜访他，令他很开心。

　　马老师已经过了六十岁，已经退休了。他说他生了大病，前几年一直在休养。他说他为了找好水，最终选定了在姑娘寨落脚。

　　别样吾点头："你房子的上边有一个泉眼，早些年寨子里的人吃的都是那个泉眼的水。那里的水好。"

　　马老师说："水的确好！南糯山的茶好，养茶的水自然就好。我就是为了找好水才来的。"

　　"马老师，你身上的毛病，很严重吗？"

　　"刚发现的时候觉得很严重，时间久了，也就不那么

姑娘寨

在乎了。老人家，您是山上年龄最大的老寿星，您对养生一定很有研究。"

"山里人说什么养生？不过是惜命罢了。"

"惜命也要懂得怎样惜才是，想跟您取取经。"

"其实我的日子跟别人也没什么不同，不过是不抽烟而已。酒是要喝一点的，每天都喝一点。"

"白酒还是米酒呢？"

"就是家里的自烤酒。苞谷也是自己种的。"

马老师对种地和种菜很有兴趣，也对各家各户房前屋后的樱花、桑葚、木番茄、马力噶（番石榴）这些果树有兴趣，问哪些可以自己种，什么时候种才合适。

马老师这是找对了人，整个寨子里就属别样吾的学识最为全面，而且他已经从祭司之位上卸任六十几年，一直在大山上过普通山民的日子，他的学识让他对南糯山的一切比普通山民有更为准确的了解。

这个马老师的兴趣还真是广泛。他甚至问到鸡，问到狗，问到鹅，问到猫，也问到鱼。

马老师最后还问到了姑娘寨的历史。

别样吾看得出马老师读过写南糯山和姑娘寨的书，他的问题与别样吾所知道的有诸多交集。

他特别问到了姑娘寨的名称由来。

别样吾告诉马老师，寨子因为地处南糯山半山，所以之前一直被称为中寨。他年轻的时候，中寨有过一个女人做村主任，当时便被外面寨子的人称为姑娘寨。有了姑娘寨的称呼，叫了几百年的中寨反而没人叫了，中寨就此变成了姑娘寨。

马老师临走的时候似乎很随意地说了一句话：

"老人家，我还听说你是南糯山的最后一个祭司，下回来了一定听你讲讲你当祭司的往事。"

这是一个突如其来的话题，别样吾一时间竟不知该如何应对才好。这个马老师是外面来的，也不知道有没有官方的背景。晚近的历史经常存在着禁忌，在官方看来，祭司是封建迷信的宣扬者，这个马老师追究他当祭司的历史不知是何用意。

好在马老师并没在这个话题上停留，他态度相当诚恳，邀请别样吾到他家里喝茶。

对他的邀请，别样吾满口答应。

其实老爷子的确对马老师的房子很有兴趣。他知道马老师院子里有一座塔，是经典的方尖碑造型。老爷子当年在洋人的教会学校里读过几年书，对世界上的许多事情都略知一二。那座塔是红砖修砌的，马老师的其它房子也都是红砖修砌的。山上的人家绝少有红砖外墙的建筑。

别样吾的回访没耽搁很久。他发现自己喜欢这个马老师，他同样发现马老师愿意有他这样一个朋友。他逐渐消除了对马老师的提防，说到底，马老师也不过是一个退了休的城里人，而且城里人与山里人也并没有许多不同。他们很快就无话不谈了。

听马老师讲，不只是南糯山的优尼人有祭司，世界上的许多地方也都有祭司。

别样吾早年在教会学校的时候，知道基督教会有牧师，牧师更像是老师，每天要给信徒讲课和布道。

马老师说教会也有各式各样的分支，属于不同的流派，很多教会的流派都有祭司。不只是基督教会这样，世界上五花八门的教会情形都差不多。还有许多人数很少的民族，他们也都有自己的宗教信仰和祖先崇拜，他们都有自己的祭司。

听他这么讲的时候，别样吾忽然觉得这个马老师是个很亲近的人。因为他了解自己曾经的职业。他已经活了将近一个世纪，还没遇到过一个如此熟悉自己职业的人，马老师是第一个。

马老师也聊到巫师。那时候他很希望贝玛也在。

巫师在别样吾眼里也是不同寻常的人物，巫师的异禀是常人所不及的，也是常人没法子理解的，即使是祭司也无法理解。

马老师说："我在台湾见过巫师作法，也在海南岛和青海藏区见过。那都是很偏僻的地方，几乎与外界是隔离的。可是很有意思，他们同样都用铁杵穿腮，同样赤着脚在火炭上跳舞。"

别样吾说："而且祖先的魂魄会上他的身。他在那一刻自己变成了祖先。这里的巫师都是这样。"

"各地的巫师也都是这样。我们东北的巫师有一种专门的舞蹈，我们叫跳大神。跳大神的时候，别家的祖先就会上他的身，他就可以和祖先说话。"

别样吾说："和傻尼人相邻的彝族也是这样的。彝族没有祭司，他们的祭司和巫师是同一个人。他们叫大毕摩。他们不用铁杵穿腮，他们踩的是烧红的犁头，不是火炭。毕摩还会用舌头去舔烧红的犁头。"

马老师说："我也听说过彝族的毕摩。"

"马老师，我可不可以问一句不该问的话？"

"老人家，您别这么客气，我们是聊天，我们是好朋友，想说什么就说什么，用不着有任何顾忌。"

"你有学问，你说这些都是封建迷信吗？"

"我这辈子有一个原则，就是一定不说自己不知道的话。封建迷信，这四个字的准确含义我从没弄明白过。在我自己的词汇当中，这四个字是不存在的。在我看来，这四个字很像是一顶帽子。"

"你的意思我懂。或许是扣这顶帽子的人自己不懂吧。我说的是祭司这个行当，或者巫师这个行当。你们说隔行如隔山，我相信多数人都不懂这个。"

"老人家，我跟你的看法不一样，我说未必。如果大家都不懂，为什么有那么多人会听从祭司的号令，跟随巫师去疯去闹？我不信大家都是糊涂虫。"

别样吾点头："你说得也是，大家都跟着，大家都信，也就说明大家不是不懂。可是我不明白，为什么大家都信都懂的事情，反倒是错的，要被禁止呢？"

"这样的问题太政治化了，我对政治化的话题没兴趣深入，老人家请原谅。"

"因为被禁止，所以我连自己深信不疑的事情也不能够确定了。我怀疑的是自己。"

"怀疑谁也不要怀疑自己。怀疑自己的话，也就连活在世上的理由也没了。"

"马老师，你们说听君一席话胜读十年书，这话说得真好。有些事情我迷迷糊糊六十几年，你的一席话一下子把我点醒了。不瞒你说，这么多年我一直怀疑我自己，我真觉得这一辈子活得没劲。"

别样吾的这番话绝不仅限于口头说说，那是他一直纠结在心底的感念。他不像他的祖先尊盘风那样激烈，他的性格要平和许多，他是大地上最为乐天知命的一伙人中的一个。对他而言，皇命即是天命，官家的说辞等同于圣旨，所以当他的职业被定性为封建迷信时，他怀疑的不是官家而是自己。

但他的职业是人类最古老的职业之一，他对自身职业的理解和信任早已经深入骨髓，所以他的自我怀疑令他纠结痛苦。六十多年的纠结和痛苦啊！

这个马老师没有为他指出是非对错，但是他的自信让他显得更强大。

官家定性的那四个字一直像一个枷锁套在别样吾的脖子上；可是马老师轻而易举地就把那四个字否定了，对他而言，那四个字压根就不存在，太不可思议了！

信与不信只在一念之间，却通向两个相反的世界。

马老师送了他一本书，书名《牛鬼蛇神》。

别样吾年轻的时候学过英文和汉文，但是一生中却甚少用到，况且他年事已高，读书已经成了很困难的事情。马老师说书里的故事都是他自己的，很多部分涉及到神和鬼。他还客气地说："神和鬼是您老人家擅长的领域，我说得不准确的话还请您指教。"

马老师的客气令别样吾下了决心，一定要读这本书，一定不要辜负了他所尊重的马老师的期待。

老爷子专门看了那个被马老师称为钟楼的红色方尖碑。说它是钟楼，明显名不副实，因为没见到钟。马老师说钟不太好找，已经找了很久，找到钟以后，他会把它挂起来，每天可以在下面拉着绳子敲钟。马老师说这里处于两山之间，钟声会有回响。他一边说一边做手势，仿佛真有钟声，钟声真在两山间回荡。

马老师说："老人家，欢迎您常过来喝茶。"

二

贝玛和马莉雅回来几天了。马莉雅一直在为新家忙碌，她要为自己和男人创造一个温馨的家。

三天以后，他们去别样吾家拜访。贝玛专门挑老人家里没外人的时间上门，他不愿意碰上别的人。但是人算不如天算，虽然进门的时候只有老人一个人在家，但是不足一支烟的时间就有人撞上门来，而且是大事。

来的中年人叫罕布，是西边合树寨的。他的老爷爷刚刚去世，老爷爷生前坚持要土葬，而且指名道姓，让孙子为他请姑娘寨的别样吾为他送丧。

这个罕布对马莉雅和贝玛视而不见，这也给了他俩悄悄溜走的机会。别人商量大事，他们是过来闲坐，知趣地悄悄离开是为上策。

如今火葬早已是国策，多数人都已经习惯了火葬。死者或死者家属坚持要土葬的，已经少之又少。

这个罕布的老爷爷比别样吾小三岁，和老祭司属同一个时代的人。单就他专门指定请别样吾，就可以看出他是何样的人。罕布的父亲也曾劝过罕布，说答应老人家也就是哄哄他而已，不必把土葬的应允当真。罕布不干，答应了就必须要做，要不就别答应；晚辈不能够欺瞒长辈，就像长辈不能骗孩子一样。

他父亲担心土葬会出麻烦，但是罕布不在乎。他说他不信谁敢动他爷爷的坟，谁动他会跟谁拼命。

早些年，别样吾偶尔也会遇到这样的事。他的原则是一概推掉。1957年之前，他也会在推不掉的情况下帮一下有死者的家庭。他是一番好心，以为是帮人家做善事；但有人不这样认为，说他是让封建迷信死灰复燃。1957年，他为此被群众开了几次批判会，他因此恨自己没记性，发誓一定不再做。

这不，一晃半个多世纪了，他信守了自己的誓言，没有一次妥协。其结果是这个世界上几乎没人还记得他是曾经的祭司。即使有家庭有这样的需要，人们甚至都想不起该找他。他已经离祭司行当很遥远了。

别样吾的第一个反应就是拒绝。他告诉罕布，他找错人了，他的老爷爷要他找的一定是别人。罕布毫不含糊，说他爷爷人老了仍然耳聪目明，爷爷说得非常清楚，姑娘寨，别样吾，还说别样吾比他的年龄还大。他爷爷是全乡仅次于别样吾的第二位老寿星。

别样吾全乡第一已经有几年了，乡里每年都会给他送一张奖状。全乡高龄第一名，全乡的人瑞。像所有的第一名一样，他不记得第二名、第三名是谁。

可是第二名一定知道谁在他前面。罕布的爷爷就是。他知道自己第二名，因为第二名也有奖状，他当然也知道谁是第一名。况且别样吾是先前的祭司，祭司在当时可是万众敬仰的身份，他年轻的时候早就知道别样吾。经过漫长的一生之后，他们的名字并列了。

所以罕布的爷爷指定了由别样吾为他送丧。

现在的别样吾与五十八年前不一样了。那时候他三十五岁，还有长长的后半生，所以对任何政治方面的压力都胆怯，都有所忌惮。现在他已经九十三岁了，政治环境也比当年要清明。他决定接。

还有另一个至关重要的因素，他没和家里的晚辈说过，除了贝玛，他没和这个世界上的任何人说过。就是他还有五年寿数。五年，无论怎样度过也都还是五年。人的寿数一经确定，便无论如何都不会改变。所以他没有什么可顾忌的，更没有什么可害怕的。

只有一件事他心里没底。

他早已经不是祭司了，六十六年以前就不是了。活着的人当中没几个人记得六十六年以前的事情，他心里没底的就是他还有没有当年的影响力，公众还会不会买他的账。

也难怪他，一朝是祭司，一生的心里都是祭司。

做送丧大典，让祭司体味到号令天下的自尊心态，一生都难以忘怀。自己是否能恢复往日的辉煌呢？

别样吾以为自己早就没了名利之心，早就将荣辱置之度外。老了老了，忽然重又燃起了虚荣的愿望。重现辉煌的念头实在不是他这个年纪的老人所该有的。

表面上看，他遇上了一个冥顽执拗的后生罕布，他应允也只是不得已而为之，但这只是表面！虽然深埋了六十六年，但是他那颗祭司的心还在跳动，那颗心没死。连他自己也不知道，他的那颗心一直等待一个契机，一等就是六十六年。罕布来了，契机也随之而来。

或者说得痛快一点，罕布就是那颗心的使者。一定会有一个使者，即使不是罕布，也会有另一个人。

罕布的家境很好，有很大的新房，有两辆汽车，而且有很好的人脉。他做的是茶生意，客户遍及全国。

他请别样吾老人无论如何都要把送丧祭典做大做好，钱不是问题，不要考虑为他省钱。其实罕布也有自己的如意算盘，但凡红白喜事大操大办，只有赚没有赔，这也是人所共知的秘密。

这个罕布曾经当过县里的官，是一个局里的中层，已经下海六七年之久，在县城里是响当当的人物。有钱和任性是当下所有混得好的人的共性，无一例外。

别样吾所担心的场面和规模，这些刚好是罕布绝不会担心的。别样吾担心的是自己作为前祭司的号召力和影响力，他对当下的另一种力量所知甚少。钱的力量。有钱自然会有人情，有人脉。

别样吾无论如何都想不到，祭典的当天竟会有数百辆各种汽车前来，在路边排了两三公里。

已经许久没有这样热闹的事情了，上下远近十几个寨子都有村民过来凑热闹，加上数百辆车带来的千把人，一时间合树寨人满为患。南糯山沸腾了。

不消说，老祭司的搭档自然是贝玛。许多年来，巫师这个职业已经成了传说，人们已经很久没见过神奇的铁杵穿腮和赤脚火炭舞了。别样吾为了稳妥起见，专门在私下里让贝玛演示了一下他这两项巫师特有的看家本领。小手指粗的铁杵不可思议地由右腮穿进去，通过口腔又从左腮穿出去。如此一个回合，两腮竟无丝毫的伤口和血渍。火炭是别样吾亲手烧制的，绝无任何作假的可能。贝玛不但自己赤了脚在火炭上热舞，同时也召唤自己的女人马莉雅脱掉鞋子，加入到热烈的舞蹈中来，两人对舞不亦乐乎。

别样吾说："别的人也能加入跳舞吗？"

贝玛说："我说可以就可以。"

"很多人加入呢？很多很多的人？"

"我让他们跳，多少人都可以的。"

"你肯定他们不会被烫伤？你知道，如果有人烫伤了，责任都在你和我身上。你和我都跑不掉的。"

"老人家，你放心吧。我就住在这里，我奶奶我阿妈都住在这里，我女人也在，我往哪里跑呢？出了任何事情，责任都是我的。"

作为曾经的祭司，别样吾心里很清楚，送丧盛典的成败关键都在巫师。巫师表现得好，场面就一定会热烈，典礼就必然会大功告成。反之，则一切皆反。

亲眼验证，让老爷子心里的石头落了地。

罕布询问过巫师在祭典中的角色，同时问了出场费。别样吾为贝玛报了五千元的价格。罕布说五千少了，主动增加到八千。他还提出给别样吾一万。

罕布是生意人，他明白祭典的成败和效果关键取决于巫师的表演是否成功。

巫师是祭典上真正的明星，而祭司只是主持人，巫师的价值远在主持人之上。搞一次活动，明星的费用是绝对的大头，区区八千元无异于明星免费演出。罕布见多识广，他当然知道巫师的超自然能力的价值，巫师的表演绝对比那些大明星更神奇。那个在春晚上表演的魔术师刘谦，跟巫师的表演比起来简直就是小儿科。

罕布知道他运气好，在请到了老祭司的同时，老祭司也为他请来了可以轰动一时的真正的巫师。

爷爷生前的夙愿是这个事件的起因。爷爷一生桀骜不驯，所以自己的儿子自小养成了唯唯诺诺的性格，爷爷更喜欢的是孙子罕布。罕布像爷爷，爷爷在孙子身上看到了儿时的自己，所以他把自己的葬礼交给孙子而不是儿子。

但是为爷爷送丧这件事同时也带来了商机，这是罕布事先未料到的。商机就在于巫师，巫师在南糯山早就成了传说，传说也就意味着神话，神话也就意味着子虚乌有；忽然之间，子虚乌有又有了，因为有了真正的巫师，罕布相信别样吾。老爷子不会说瞎话。

罕布能招来数百辆车千把来宾，最大的吸引力便来自于此。同时来的还有一个影视公司，对公众而言，一个有规模的电视摄制团队也就意味着电视台，电视台大张旗鼓的拍摄也就意味着一场大热闹，一场大热闹当然也就意味着很大的商机。

请影视公司对罕布而言，是一个不错的生意。因为他知道巫师的表演是很值钱的资源，所以他故意将消息透露给影视公司的老板，并且最终成功地将送丧大典的摄制权卖给他们，价格是五万元。

罕布又把这个消息散布给他所有的关系人，以此吸引更多的人加入到送丧大典中来。来的人越多，也就意味着红包的数量越多。所有来宾都不会空着手，少则一百，多则五百、一千。红包中的数额视彼此关系的亲疏和重要性而各自斟酌。

罕布为了让此事造成更大的影响，有意将祭典的时间向后推，这样他就有更充裕的时间来谋划，以达到让更多人加入进来的目的。

他把自己的爷爷暂时寄放到医院的停尸间，那里低温的环境是尸体保存的前提条件。

罕布的这些举动与别样吾无涉。对别样吾而言，这是一次不错的机会，能够给自己一次恢复和再现昔日辉煌的机会，他关心的只是一定要做好，要做到最好，一定不要给自己留遗憾。

应该说罕布出手很大方。在别样吾心里，大概一千元或两千元是一个说得过去的酬劳，他为贝玛开价五千是给了罕布讨价还价的余地的。他没想到罕布不但不砍价，反而会加价。在别样吾心里，贝玛该拿到三千元，自己一两千元都在情理之中。罕布给了他一个大大的惊喜。拿人钱财，替人消灾，是所有人都该有的心思，别样吾当然不会例外。看在一万元酬劳的分上，他也必得将祭典做得完美无缺。

别样吾要做的事情还有很多。准确地说，是需要他操心的事情还有很多，所有的事情都需要他想到，他想到了自然有专人去做，他要做的仅仅是想得要周到。

比如祭典仪式上需要的东西，首先是祭拜所需的供品；然后是巫师作法所需的专用服饰及其工具；再有就是场地的布置，桅杆和祭旗这些，连同一口必不可少的最大号的焚烧木炭的铸铁锅；还有别样吾作为祭司的服饰和仪仗；等等。

姑
娘
寨

别样吾有自己的服饰和仪仗，但那些东西已经搁置了超过半个世纪，已经如纸帛般脆弱，一拉即破，所以要重新去定制才行。好在他手里存有所有的纸样。

根据老爷子以往的经验，筹办好所有这一切需要少则一个月，多则半年的时间。但是罕布告诉他时代不同了，做什么东西都不是问题，时间也不是问题。他说，他可以在两个星期之内搞定一切。

罕布不是个吹牛说大话的人，他果然做到了。

罕布让老爷子杜门谢客，不接受任何采访或打扰。他专门安排了一个人守护在别样吾家里，挡住一切外人，尤其是影视公司的摄影师。

罕布有自己的小算盘。他卖给影视公司的是祭典的摄制权，其中绝不包括祭司和巫师在祭典之外的拍摄权。他知道老祭司和巫师是深埋的宝藏，有无尽的可挖掘的价值，他日后会在其中做更大的文章。罕布已经把他们视为私有财产，绝不会让他人轻易染指。

罕布看上去是个粗人，其实心细如丝。他甚至想到了专门派一个人暗中监视贝玛的住处。那是一个侦察兵出身的退伍干部，经验丰富且做事稳妥。他担心有人如他一样窥视到贝玛的非凡价值，私下里与贝玛联络。他也了解到贝玛从不与外人接触，只和自己的新婚妻子蜗居在废墟深处。这让罕布松了一口气。

贝玛和马莉雅已经发现了，废墟外面总有同一个外人出没。贝玛几次换一个方向去查看，又都觅不到人影，不免心中生出了疑窦。

对于别样吾爷爷与他的约定，贝玛没有二话。他也收下了由老爷子转交给他的四千元定金。

对他而言，有没有定金，他都必得兑现承诺。

不用说，这段日子最忙的人肯定是罕布了。如此重大的一次盛典，对于投资人和承办人来说，一天二十四小时是远远不够的。好在他不是一个人，他有一整个团队，关于祭典的所有细节都在一步一步落实。

罕布为团队的工作安排了先进的企业化管理，先行确定工作程序的各个节点，以倒计时的方式逐一消灭每一个节点的内容，每日二十二点准时向罕布报告进度。这种管理方式有一个突出的好处：可以精准地把握工作进度，以保障祭典能够在规定的时间点上如期举行。

罕布计划的第一步，要使外地来宾达到三百户。这是他最直接的收益人群，这些来宾都会有红包，通常数额在三百至两千元之间。小账人人会算。

本地村民的参与人数当然是越多越好，但是这部分人带来的收益很有限。因为本地村民的红包数值有限，通常是几十到一百，两百已经是上限。而村民每户来的人数都不少，三口四口是常见的，所以红包收益总是小于其吃掉的饮食支出。罕布不指望本地参与者会带来收益，能打平已经不错了。但是参与人数越多，积攒起来的人气也就越旺。

罕布联系了几家在农村基层有广泛影响力的网络公司，攒人气和提升点击率是他的第二个计划。

大幅度飙升的网络点击率，会让他在一天之内成为网络红人。而成为网络红人对他的事业则会产生无可估量的价值，无论是对他现在的茶生意，还是对他日后可能的新

姑娘寨

事业（做祭司巫师的经纪人）而言，都至关重要。

　　他还有潜藏的第三个计划，那就是借此炒热别样吾和巫师。这两个人越红，他们的潜在价值就越高，带给罕布的利用价值也就越大。

　　不能不说这个罕布的确够精明、够厉害。

第九章

见识了坟山的祖宗树

一

儿子到底子承父业了。龙王爷的儿子会凫水，小说家的儿子写小说。

我其实不知道他把那篇东西给我的用意。是给老爸（也可以是老师）看看，听听意见；还是预知我要把帕亚马的故事写出来，写成小说，让它也加入进来成为这个关于帕亚马的故事的一部分？

我猜前一种可能性更大。我猜他不会想到我最终决定将他的文字加入到小说中来。他的文字刚好提供了一个完全不同的角度，一种颠覆的角度。

有意思，非常有意思。

我原本就不够自信，我认识的那个帕亚马如果给别人讲出来，太像是胡说八道了。儿子的文字有他自己的角度，看得出他的立场。老爸的故事让他见笑了，他用自己的所见所闻含蓄但是明白无误地表达了他的质疑。

今天发生了一桩意外。寨子里年龄最大的老人家别样吾走了。没人说得准他的年龄，九十三岁还是九十七岁？这位老人家是南糯山的传奇，是最后一代祭司，也是我的一个知己。他的离世对南糯山是莫大的损失，因为他肚子

姑娘寨

里藏着南糯山太多的秘密。他走了，同时也把所有那些秘密带走了。我的心空落落的。

　　儿子提到的那个贝玛，就是别样吾老祭司介绍给我的。贝玛是僾尼人巫师的称谓，但是那个贝玛不是僾尼人。据说他真有巫师的那些令人称奇的神功，可是在儿子的文字里，贝玛只是个本地的茶农。

　　儿子正在浑不吝的年龄，什么都不放在眼里。祖先、神灵、父亲，这些原本带有神圣意味的字眼，对他来说都不算什么。儿子不客气地用了一个经典成语——老奸巨猾。

　　扪心自问之后，我还是决定要辩解一句。我之所以不搭腔，是因为我没对他那几个小时里的经历发生兴趣。我根本就认为他已经回来一会儿了，他就跟在我后面。毕竟那是大山之上的原始森林，他的胆量根本不足以支撑他在林子里盘桓那么久（大约三个小时）。他之所以延宕了一阵才叫门，是他要给自己杜撰的经历一点时间。我不说破他，他毕竟已经是个二十八岁的男子汉，不能随时随地戳穿他，不给他留情面。

　　他想说就说，说什么我就听什么，既不说是，也不说不是。听了也不做任何质疑。

　　我让他误解了，结果我成了老奸巨猾。冤枉啊！

　　再读一遍他的这个故事，还是没看出什么破绽。他还年轻，有破绽原本不足为奇，没破绽反倒奇怪了。

　　在一个第三者看来，他似乎什么也没写。在茶山碰到一个茶人，被邀去他的住处喝茶，这就如同一个人早上起来以后一天吃了三顿饭，到了晚上又睡了。一页寻常到不能再寻常的流水账。

所以他的故事与第三者无关。因为有我的帕亚马的故事在先，他的故事处处、事事都有针对，意在颠覆。所以他是写给我一个人的，他在告诉我，我的关于帕亚马的故事没有一处不在撒谎，包括名字。儿子是外来者，年纪也还轻，能够凭空杜撰出这样一个故事，其中玄机深埋又隐而不发，不能不说是一个奇迹。

a

做这样一个决定令我踌躇再三。言而有信原本是男人安身立命的基石，不能食言是我儿时的信条，而且恪守一生而不悔。决定从头至尾再走一次，这个决定本身就是食言。我说我只是老路重走，并不是为了寻找和再见到帕亚马，恐怕没一个人会相信。

我打心底里认定他不会见我，当然也就不会给机会让我与他再次相遇。就是这样一个信念让我自欺并欺人。倘若他给了我与他再次相遇的机会，无异于他做现场导演，指导我在舞台上大秀演技打自己耳光。

即便如此，我还是会坚持我的决定，将那条路从头至尾再走一次。这也是我的命数，我没得选择。

我又上路了。依然是请艾扎送我，而且时间上也与第一次大体相同。我努力去复原上一次的一切细节。穿一样的衣服，带一样的装备，走一样的路。同时我又打心里嘲笑自己，以为在细节上刻意模仿就可以全盘重现那天的一切是多么可笑。

艾扎送我与否根本无关紧要，因为我第二次见他时没

姑娘寨

艾扎，该发生的照常发生。但我坚持一丝不苟。

艾扎送我到原来的地方，我凭着直觉一个人进入森林。我认为我找到了第一次见到帕亚马的地方，我尝试着站在当时我所站的位置。他离我五步远，脚下应该是那只已经被击毙的野猪，他就是在那时候告诉我他叫帕亚马。

那一天的一切都回来了，以记忆的方式。我呆站在那里，想象着一切再重演一次。每一句对话，连同对话之间的停顿。细节在此展示了它的伟力。

而之后的情形则变得模糊，因为一路跟着他，所以我对途中发生了什么全无记忆。我记不得我们是怎么到达树屋下面的，我甚至不知道哪一条路才会通向树屋。我不知道没有关系，我不必知道，所以在懵懵懂懂之间我已经回到这里，那棵大树的下面，抬起头就可以看到树屋。

我不能够再自欺下去了。那里只有我，帕亚马压根就没出现。没有幻觉，回忆也消失得无影无踪。腰间冒烟的裸体野人，以两片肥厚大叶子蔽体的帕亚马，不只儿子不信，连我自己也觉得荒诞不经。

但我不甘心。我已经来了，我必得亲自重新体会一下所有这一切。

儿子说树屋根本就没住过人，可是我住过，所以我非上去看看不可。肆意妄为让我吃了亏，因为我连检查一下都没有，所以我攀爬木梯的第一步就踏空了。是绑扎横木的藤条朽了。幸好仅三十厘米高，只是脚踝崴了一下，并无大碍。

这是一个信号，不要再试图进树屋。

没了帕亚马，树屋连同与之相关的一切都失去了意义。一个人的祖宗树保卫战？它只存在于一个不存在的人的口中，再血腥，再波澜壮阔，也显得虚妄。

第一次重走老路以这样的方式结束了。

二

《西双版纳哈尼族简史》

P26：

当时的勐泐王国首领到江边观看后，不敢收留为民，便组织人前往攻打。双方死伤很多人员，勐泐王国无法消灭哈尼先民。经过一段时间的战斗，双方达成妥协。勐泐王国同意收留为民。当时的勐龙首领帕雅马自告奋勇收留那些哈尼先民为奴。于是哈尼先民随帕雅马渡过澜沧江到了勐龙地界。

P27：

据传，哈尼先民过江时，每人发一根小草棍用来领口粮。据说发了一万二千根草棍（这数字显然有些夸张，根据当时哈尼族群的发展状况，总共一千二百人可能比较接近史实）。

P27：

据傣族史料记载，当地的傣族不了解哈尼先民，认不清是人是鬼，因为他们穿很少的衣服，说听不懂的语言，背着弓箭，腰部冒火，口嚼妈罗（一种类似槟榔的嚼料），满嘴通红。

P26：

渡江的时候，哈尼先民无钱付渡船费。当时的头人刚

姑
娘
寨

拉有一把金勺子，给了当时的船夫。船夫这才把哈尼先民从江东岸的达戈摆渡到了江西岸。

重读这些关键的部分时，我忽然发现了问题。

应该是刚拉。我是说故事里那个主人公，很明显，刚拉才是哈尼先民的头人。他将家族中宝贵的金勺子拿出来，让自己的族群渡过澜沧江到达西双版纳腹地。文中所说的勐龙应该就是今天的大勐龙。

那一万二千人（或许是历史学家所说的仅一千二百人）被那个叫帕雅马的首领所收留。但是根据文本所述，这个帕雅马是勐龙首领，而勐龙似乎又隶属勐泐王国。这里便出现了差池。

在哈尼先民到达之前，勐泐王国是一个以傣族为统领的地方。既然隶属于勐泐王国，也就意味着王国之内的领地应该是傣族的领地。依此推理，这个勐龙首领帕雅马或许不是哈尼人，而应该是傣族人。

我不能理解的是他为什么自报叫帕亚马，他的装束为什么会和哈尼先民一样。如果他自报是刚拉，一切都解释得通。偏偏他不叫刚拉，他说他叫帕亚马。

另外，他在坟山拜祭过自己的父亲母亲。

我当时疏忽了哈尼族的父子联名传统，我该问问他父亲的名字。哈尼族传统上以父名尾字加上复字做名，或者借父名两个尾字再加一个单字做名。以当时的朋友关系，我问他，他不会不告诉我。

现在看来，这是一个莫大的疏忽，因为再没办法弥补了。从这一点上看，儿子的故事似乎更靠谱，至少他的那个帕马来自艾帕，而且帕马还有一个儿子叫马边。名字的证据链条是完整的。不像这个帕亚马或者帕雅马。

不管中间的字是亚还是雅，都无法与传统相连接。无论如何，这都是一个再明显不过的破绽。

但是我心里知道，有一点是无可置疑的。从我这儿算起，帕亚马出现在先，那本简史出现在后。

所以帕亚马才是基准。你可以说典籍中的帕雅马在历史上确有其人，我也可以说彼帕雅马非此帕亚马。

帕亚马没有必要对我说谎。我的出现对他而言绝对是偶然的，他也没理由跟一个与他毫不相干的外族人去撒一个弥天大谎，去冒充某个民族历史上的伟人。帕亚马已经从我的视线中消失，他不会与任何人去争辩他究竟是何许人，但是我愿意为他争辩。

我相信帕亚马的父亲一定不叫艾帕。不管前面那个字是什么，是艾也没有什么不可以，后面一定是帕亚两个字，可以是艾帕亚、唐帕亚或者龙帕亚，诸如此类。

P46：

把尊唐盘（也称杂他朋）以前的十四代作为哈尼族的共同元祖。

P46：

西双版纳的谱系第十四代……如去掉史前谱系，就只有十三代。

P47：

哈尼元祖族谱表如下：

0 送咪窝 /1 窝腿雷 /2 腿雷总 /3 总蟆院 /4 蟆院驾 /5

驾提锡 /6 提锡利 /7 利跑奔 /8 跑奔吾 /9 吾牛然 /10 牛然错 /11 错媆戚 /12 媆戚尊 /13 尊唐盘。

P48：

口述资料中……说尊唐盘是百子之母，是所有哈尼族的共祖。以上谱系在尊唐盘以前是一致的，也说明尊唐盘以前的各代，同是哈尼族的元祖。

从哈尼先民的姓名传统上，我们不难发现作为姓名的两部分——来自父亲的若一个字，则自己的便有两个字；而来自父亲的若两个字，属于自己的便只一个字。

或者可以说哈尼先民每个人的名字都是三个字。帕亚马这个名字，恰好服从了这个传统。

这让我的心一下子松弛了。帕亚马的存在没有任何问题，无论是一本简明的史书或是民族的名讳传统，还是我的不够坚定的自信心，所有这些都不能够抹杀这个活生生的人。

想想真是可怕，连我自己的亲生儿子都不能认同这个人的存在，何况其他人？

我忽然意识到我还有疏忽。对了，就是坟山。

P27：

根据哈尼族的生活习惯，要在某地定居的话，在选寨址的同时，必须选好坟山和祖宗泉。因此，凡哈尼族定居一年以上的地方，均有坟山遗址。坟山是神圣的地方，代代相传。

我原本做的决定是重走。我只是重走了第一次。而我走进帕亚马的世界其实不止一次，而且第二次比第一次走得还要远。

　　从我的世界走到他的树屋，又从他的树屋跟着黑象走到他的第二个家，然后再走向坟山，最后走向祖宗树。第一次重走我一无所获，我并未因此而气馁，我要再走一遭。

b

　　不用我说，你们也猜得到，没有帕亚马的差遣，小松鼠黑象这一次没过来做我的向导。

　　因为上一次到坟山是夜里，所以这一次我仍然把时间选在夜里。虽然没有谁给我制订游戏规则，但是我还是自觉自愿遵循上一次的传统。我身上没有手机，甚至故意不带手电筒。我不想让我沾上任何可以标示时间、时代的印记。我心怀挚诚，并且坚信会亲睹奇迹。

　　途中的过程这里就省略了。我顺利到了坟山。

　　还是那些有着孩子笑脸的云朵在我周遭忽上忽下。我在其中感受到它们的热情和友好，我知道我是受欢迎的。我甚至感受到令它们喜悦着舞蹈的无声的音乐，那音乐甚至让我笨拙的身躯忽然就失去了重量，我和它们一道不由自主地随着音乐的节奏摇摆，整个身心进入自由自在的舞蹈状态，摇摆，再摇摆。

　　我当然不会忘记我的使命。

　　我的目的地是祖宗树。祖宗树是坟山的中心。进入坟

姑娘寨

山，你只要一路向上、向前，祖宗树就在那里，你一定不会迷路。我找到祖宗树了。

正如我所预想的那样，祖宗树前面果然是一片新土，平展展的一片新土。我是姑娘寨的一员，就住在寨子里。我到这里已经四年，我与寨子里的每一家人相熟，他们都是我的乡亲和朋友，也如我是他们的乡亲，他们的朋友。有一点我非常肯定，近期寨子里除别样吾之外，再没有人殒殁，无论是老人还是病人。

那么新土之下会是谁呢？

坟山是神圣之地，每一棵树是每一个家庭的祖先的居所，所有这些古老的树簇拥着祖宗树。偬尼人没有给祖先挂牌位的传统，列祖列宗就被埋在本家的树下，之后沿着根须树干和枝叶向上，在阳光雨露中聚会。

没有谁会将自己的祖先埋到祖宗树之下，所以祖宗树前面永远是坚实古老的土台，供族人小憩。

如今不同了。土台比先前低了一些，其上覆盖着松软的新土，一望便知新近埋了人。我就地蹲下来。新土给耙得很细，看得出未亡人的心情。我在心里揣摩，那会是谁呢？谁会是葬礼的操办人呢？

"我。我们。"

那是黑象的声音。但我看到的不是它一个，我看到土獾、竹鼠、变色龙、猫鼬、山蟹、翠蛇、雉鸡、灰兔和更多我叫不出名字的小动物。它们都有自己的家长和伙伴，它们都是这个葬礼的操办人。

最后出场的是以黑象为首的长尾巴松鼠的队伍。它们像大型运动会上集体举着会旗的旗手们一样，踩着充满节奏的步点过来了。它们分别抓住一角,将那两面像旗子一样的东西高举过头顶,在那片新土的中心部位停下,继续原地踏步。没有口令,但是如同有一个"立定"的口令一般,它们集体在同一个瞬间停止踏步,之后同时将手中的东西放开。

两片黑影一前一后落地,相互交叠在一起。那正是我预料中的东西。被一条皮绳相连接的两片肥硕柔软,不知是什么植物的巨大的叶子。

姑
娘
寨

第十章

马老师求证白色鸟

一

合树寨离姑娘寨大约八公里远，在半坡老寨过去再往西两个山梁的那一边。

这样一个距离刚好走出了我们故事的范围。所以那样一场盛典尽管有诸多精彩，还是属于另外一个故事，这里就不啰唆了。罕布只是个节外生枝的人物。

聪明的读者，你一定已经发现了，故事里出现的另一个重要角色不是罕布，而是马莉雅。当然是马莉雅。

你一定早已经发现这个故事有缺陷，缺一个女人。没女人的故事不能称其为故事，正如没女人的世界只是一个失衡的世界而已。马莉雅的出现，你可以看作是对失衡的一种纠正，是再平衡的需要；也可以看作是故事走到这一步的必然趋势，毕竟阴阳相合是这个世界的基础，是起点，也是终点。

马莉雅这个名字注定不寻常。

名字是给人叫的，是称谓。名字首先是以声音的方式出现的，有了声音形态，才有随之而来的文字形态。

马莉雅、玛利亚、玛丽娅，还可以有完全不同的文字形态。但是无论怎样组合，都是声音形态的一种描述，如此而已。关键在于人类历史上出现过的那个圣贤，圣母马利亚（Holy Mary），因为那个生养了耶稣基督的女人，令人们对世间所有叫Maliya的女性有了不寻常的联想。

贝玛的女人马莉雅是否也有了特别的意味呢？

对马莉雅而言，她是南糯山的新山民，废墟是她的新家。她给了她的男人贝玛一个真正意义的家，她成了这个新家庭的女主人。

马莉雅很幸运，除了贝玛的姨妈而外，她是第一个见证了贝玛两张面孔的人。或者可以说，她在一日之内见识了她的男人两张完全不同的脸。那虽然是她的幸运，同时也是对她的考验，是对她心智和神经的一次严峻的历练。

贝玛两张面孔的反差太过强烈。南糯山这边的人，除别样吾之外，再没有谁把那两张脸幻化成同一个人。人们会以为废墟里原来的那个野人走了，另外来了一对年轻的小夫妻。唯一知情的人就是别样吾。

那些聪明的读者朋友，你们没有猜错。既然贝玛从布朗山带回来的女人也叫Maliya（马莉雅），关于她的故事也就注定了会有些许不寻常。

首先，通往路下面的废墟有了一条平展的通道。通道画了一道弧线向下，隐没在野芭蕉林中。通道间接地标示了下面有人居住。

其次，原来荒颓的第二级台地上的断壁残垣，有了明显的生机。塌陷的屋顶被修整，换上了新瓦；昔日的荒草变成了花畦；土阶梯被木阶梯所取代。

再有，下面第三级台地住人的旧房子旁侧，偶尔可以见到女人的衣服和被褥晾晒在阳光下。

姑
娘
寨

马莉雅是雨季之后的十月中旬来的。虽然偶尔也会有一场大雨，但是每天总会有几个回合的好太阳。南糯山上草木葱茏，蝶舞莺飞，一派繁荣之象。她很快融入了这片大山，成了这片山林的女神。

嘎汤帕节之前的几天，漫山遍野的樱花绽放了。那是一种令人赏心悦目的浅粉色，一棵树一小片，一溜树便是一整条花海。那是一种无法言说的美丽，一种无以名状的诗意。马莉雅被花的海洋所湮没、所陶醉，肚子一天大似一天。

南糯山是如此丰饶，借自豪的当地人的说法，在山上插一根扁担，几年便会长出一片树林。草木如此，人又何尝不是这样呢？刚刚过了二月，马莉雅便做了母亲，诞下了一个可爱又结实的男婴。

贝玛奶奶的预言应验了，家族的神话继续了。

不要在心里犯嘀咕，不是我不小心出了笔误，不是。你的记忆没出错，马莉雅就是十月中旬来的，她做母亲的时间就是刚进二月。

还有，别怀疑贝玛的智商，贝玛绝不比你我更愚蠢。他对自己是马莉雅的第一个男人这一点绝对自信，也对马莉雅只用了足三个月的时间就孕育了儿子这件事心知肚明。更为要紧的，贝玛对自己的女人马莉雅没有过一丝一毫的怀疑。他并非不了解十月怀胎一朝分娩的常识，但疑心生暗鬼不是他的性格。

马莉雅说："阿妈说她怀我九个月还多，怎么我怀我儿子才刚过了三个月呢？"

贝玛说："因为那是我的儿子，是我们的儿子。"

马莉雅说："阿爸给我讲过另一个马利亚的故事，他们也叫她童贞女马利亚。她没有男人，可是她生了个男孩子叫耶稣。阿爸说耶稣是世界上顶顶有名的一个人，他们说他是上帝的儿子，他们叫他基督。"

　　"我的儿子就是我的儿子。他也是你的儿子。"

　　马莉雅听得出来，他的后一句话是为了安慰她，而前一句话表明了他的骄傲。她是他的女人，他的女人为他生了儿子，他当然有一种骄傲。但是他当真不在乎她三个月就完成了别人九个多月才完成的孕育过程吗？马莉雅自己不懂为什么会这样，她猜贝玛也不懂。她一度很担心贝玛会不会怀疑她，贝玛没有。

　　马莉雅于是就胡思乱想。阿爸明明知道童贞女马利亚的故事，他又为什么给她的名字也是Maliya呢？她既然已经是Maliya，难不成真的要经历马利亚经历的一切吗？她真的是另一个童贞女马莉雅吗？

　　不，马莉雅不信。在贝玛出现之前，她绝对不会怀上孩子，哪怕是怀上老天的孩子也不会。她是个对自己身体极度敏感的女人，身体任何细微的异常，她都不可能不察觉，更不要说怀孕这么大的变化。不是的，马莉雅自己能够确认她不是童贞女马利亚。

　　贝玛把他的种子种到她身体里的那一刻，她就知道了。种子每一天的生长她都能够精微地感受到。种子在一天天长大，每天的生长速度都比前一天更快。

　　那是一种奇妙的持续不断的加速度模式，很像她小时候坐在竹椅上，长时间盯着新竹的生长一样。她看到了竹子的生长过程，竹节在她的注视下一点点拉长，而且稍

姑娘寨

稍变粗。那是一个再奇妙不过的时刻。阿爸喜欢的一个小说家叫格非，阿爸说格非有个小说叫《没有人看见草生长》。可是有人看见了竹生长，她叫马莉雅，是个布朗人小姑娘。

　　还是这个布朗人小姑娘，她用了不到一百天的时间，看见了自己的儿子如何从一粒种子长成胎儿，最后长成一个完美无缺的男孩。这一次她不是用自己明亮的大眼睛去看，她用的是心。

　　心比眼更明，更亮；心能够测量每个瞬间的长度，测度每一个细微的成长中的变化。她的心能够观测到另一颗属于她的儿子的心的生成。

　　冥冥中的一切都有它自身的秩序。

　　贝玛的奶奶同时也是贝玛的接生婆。她亲手将自己的孙子接到了人世，这是否是这个家族一以贯之的传统呢？这一点没有人告诉贝玛。但是那个早晨，当他看到肚大如鼓的马莉雅在呻吟时，他忽然想到了自己的阿妈。阿妈要是在，他心里一定会踏实许多。

　　没错，他心里不踏实，很不踏实。他自己还是一个男孩子，如何才能面对生孩子这种复杂的局面？对他来说，无论如何这都不是件容易的事。

　　想阿妈，阿妈就到了。阿妈不知道儿子的女人要生了，阿妈知道的只是儿子内心的呼唤。她来了。

　　她来迎接自己的孙子。为孙子接生是她的使命。

　　这就是贝玛的心得——他贝玛是奶奶接生的，他的儿子是儿子的奶奶接生的。

　　有阿妈在，他的心里非常踏实，需要他做的一切听阿妈的吩咐就是了。眼里看着儿子，心里同时想到了奶奶。阿妈说奶奶很少出门，眼睛越来越不行了。

贝玛以为奶奶会关心他是不是找了女人，是不是生了重孙。阿妈实话实说，没有，奶奶只是偶尔会关心自己的孙子是不是健康，是不是一切都顺遂。贝玛想起尊盘风祖先的话，祖先的话不是没有道理。

　　人会关心自己的孩子，孩子的孩子如果看到
了也会关心，差不多到此为止了。孙子的孙子已
经跟你没一点关系了。你想想是不是这个道理？

是的，正是这个道理。贝玛想想，自己这个角色很有意思。自己刚好处在奶奶和儿子之间，有趣的是儿子还会有儿子，那时候自己已经成了爷爷。可是儿子的儿子与奶奶已经没一点关系了。

可是眼下的这两个人，一个是新生的儿子，一个是阿妈。他们都是跟贝玛最亲的人，都有直接的血脉相连，是人的世界里最紧密的关系。

对贝玛而言，儿子的降生是另一个神授的时刻。如同他离开奶奶和阿妈的那一刻一样，一种无以名状的启示不期而至，苍茫浩瀚的天穹为他打开一道缝隙。他看到了属于他自己的那一束光。

阿妈帮他照料了一切之后，就回山上了。

马莉雅说："你该留阿妈住下，阿妈太劳累了。"

贝玛说："阿妈心里放不下奶奶。奶奶眼睛不好，身边没有人不行的。"

"你为什么不回去看看奶奶？"

"奶奶不让。奶奶说了，她走了，我再去看她。"

"贝玛，我在想，奶奶和你不再见了，可是她没说我不可以与她相见。我要去看看奶奶。"

"可是你刚生了孩子，去奶奶家里要爬山哪。"

"谁说的生了孩子就不能爬山？"

"可是，马莉雅，你行吗？"

"对你的马莉雅来说，没有什么不行。"

"一定要去，你就去吧。记着把儿子喂饱，记着快去快回，不然儿子饿了我可没办法。"

"你这个笨爸爸！你以为我会留下儿子自己走？"

贝玛摇头："不。不带儿子，你自己去。"

"为什么我不能带儿子去？奶奶是老祖宗，让她看到自己的后人，她会很开心的。"

"这个你不懂，不是一句两句能说得清楚的。听我的话，你自己去吧。记着快去快回。"

马莉雅知道男人的话一定会有他自己的道理。她不是个执拗的女人。她把儿子紧紧抱在怀里，给他喂奶，把他送进甜美的梦乡，把他身上的被子盖好掖好。

贝玛说："给我，让我抱着他，我要带他出门。"

马莉雅说："你又不懂抱孩子。孩子刚出生一个时辰，抱出门是不是不好？他们汉人讲究坐月子，孩子要一个月才能出门哪。"

"按照汉人的说法，生孩子的女人也要一个月才能出门，你怎么一个时辰就要出门呢？"

"我又不是汉人！"

"我们的儿子也不是汉人啊！"

两个人都笑了。

马莉雅说："带他出门做什么？见太阳伯伯？"

"带他去见别样吾爷爷。让老爷爷为他祈福。"

"贝玛，还是你想得周到。"

"想着去看奶奶，你也一样啊！"

"儿子睡得好香啊。他的睡相跟你一模一样。"

二

这是马莉雅上山后第一次与她的男人兵分两路。有趣的是他俩各自去找的，都是属于自己的归宿。别样吾走过的路是所有男人必得走的，五十岁，六十岁，七十岁，八十岁，九十岁；奶奶走过的路是所有女人必得走的。虽然每个人的终点不一样，但是途中是一样的。

马莉雅到底年轻，脚力更健，沿着那条一路向上的一脚宽的路，她在阿妈抵达石头老寨之前便赶上了她。

阿妈说："你刚生过孩子，该在床上养身子。"

马莉雅说："我来了也有些日子了，早就想着上山去看看奶奶，看看阿妈。贝玛说奶奶不让他上山。"

"奶奶怎么说，他就怎么听。是奶奶不让。"

"阿妈，奶奶没说不让我上山吧？"

"没有，奶奶没说。"

"我上山去看奶奶，她不会生我的气吧？"

"不会。奶奶很和气，从不生晚辈的气。"

她们进院门的时候，贝玛的奶奶正坐在竹篾织就的躺椅上晒太阳。

阿妈说："阿妈，她是你孙子的女人。"

马莉雅说："奶奶，我叫马莉雅，我来看你。"

刚才还在阳光下昏昏欲睡的那张脸开出了一朵花，衰老的皱褶织就出美丽的花的图案，那朵花迎向马莉雅。马莉雅同时发现了老人家已经失去了视力，因为她的两眼是透明的，浅菊色的透明瞳仁虚无而空洞。

她双膝点地，两手握住老人温温的软软的手。

马莉雅说："奶奶，你看见我了吗？"

奶奶的双眼轻轻眨了一下，仿佛在回答她：看见了，我看见了。她在奶奶的脸上看见了浅浅的笑意。

几乎与此同时，马莉雅通过自己的双手，感觉到了手中奶奶的体温在迅速流失，干枯的两手由软而硬。奶奶脸上的笑意也定格了。她知道奶奶走了。

她非常确切地知道，这之前的那一刻，奶奶还活着。奶奶听到了阿妈的话，并且给了她一个灿烂的微笑，加上一个俏皮的眨眼。马莉雅更愿意相信，奶奶就是在等候她的到来。她来了，奶奶也就心满意足了。

马莉雅这一天迎来了儿子，马上又送走了奶奶。

马莉雅记得，她的男人贝玛曾经不止一次的讲过，南糯山的人瑞是别样吾爷爷。可是不知为什么，在她的眼里，贝玛的奶奶应该更古老。要论人瑞，应该非奶奶莫属，而不是那个别样吾爷爷。

马莉雅的男人贝玛抱上自己的初生儿子，登门向老祭司别样吾去祈福。这是贝玛与别样吾在罕布爷爷的送丧大典之后的第一次见面。

贝玛告诉别样吾，儿子刚刚出生，他就把儿子抱过来了。贝玛请别样吾为儿子祝福，并且为儿子赐名。

　　别样吾说："你的儿子当真不寻常，选了这么一个特别的日子来。"

　　贝玛说："今天怎么不寻常了？"

　　"你不知道今天是元宵节吗？"

　　"你不说，我真的没在意。"

　　"我当然要为你的儿子做祈福礼，但是他的名字还是由你自己来取。我可以为我们偎尼人的孩子取名，我不熟悉你们布朗人的规矩。"

　　贝玛说："我问过尊盘风祖先，祖先说偎尼人原本就是布朗人的兄弟，拉祜人、傣人、傈僳人，大家都是兄弟。兄弟之间不必拘泥于哪一家的规矩。人间的大规矩是长者为先，起名字的事情听长者的不会错。别样吾爷爷，你不要推让，就听祖先的话吧。"

　　"你说得对，恭敬不如从命。不过你要给我一点时间，容我仔细想想。你也先去忙你的，去忙吧。"

　　"我今天没别的事啊。"

　　"怎么会没别的事？还有比送人更大的事吗？"

　　"送人？送什么人？"

　　"你奶奶啊！你不知道你奶奶已经走了？"

　　"我……我女人刚刚上山去看她……奶奶走了？"

　　"刚刚走的。你进来那会她还在，刚刚走。"

　　"别样吾爷爷，那我……就……告辞了。"

　　"你不要慌慌张张的。你儿子来了，奶奶就走了，都是上天的安排。我算了一下，你奶奶九十九岁了，今年的

姑
娘
寨

元宵节刚好是她的大限。九十九，元宵节，好日子啊。"

"你是想告诉我，奶奶是喜丧，对吗？"

"当然是喜丧了。又何况元宵节也是灯节，普天之下大家一起为亡者点灯送行。"

贝玛点头："而且有上天和他的那盏最亮的灯。"

"小子，去吧。抱上你儿子，给你奶奶报个信。"

贝玛抱着儿子已经转身了，忽然又站下，转回身：

"别样吾爷爷，我有两个问题。我想问问，奶奶走了，作为孙子我该怎么送她？"

"九十九是天寿，你奶奶已经活到了顶。她活着还是死去已经没任何区别。活着也相当于死了，死了也相当于活着。她不需要任何送人的仪典。"

"活到了九十九的元宵节，也就意味着人间和冥界再无分别吗？"

"就是。活过了这一天，即使活得更久，她也已经成了祖先。你奶奶在九十九岁上的元宵节这一天定格，她就是神仙。"

"我还想问，你一定知道奶奶比你更大是吧？"

"她当然比我大。她不只是现在比我年纪大，当年我认识你爷爷那会，你奶奶就比你爷爷和我都大。"

贝玛说："可是我就不懂了，为什么你承认你是南糯山的人瑞呢？你明明知道你不是。"

别样吾说："没人知道你奶奶，更没人知道你奶奶的年龄。你奶奶不想别人知道她，当然更不想别人知道她的年龄。"

"我懂了。如果你否认你是人瑞，那你就得说出我奶奶，还要说出我奶奶的年龄。所以你承认你是。"

"小子，这么说你还不是太笨。打从你爷爷走了，你奶奶就再不想让任何人想到有她这个人。"

"你是说虽然她活着，其实早就走出了人世？"

别样吾说："我也是刚刚知道，她的寿数是早就定好的。她和那些祖先都不一样，她属于上天。"

奶奶羽化成仙，这是贝玛无论如何都没有想到的。尽管终日游走在祖先当中，但是他从没幻想过上天的图景。无论如何他都想象不出奶奶日后的情状，但是他知道上天的奶奶一定看得见他，看得见他的女人和他的儿子，也一定看得见早成了祖先的阿爸和爷爷。

在贝玛有限的想象中，成仙的奶奶更像一只鸟。

三

马老师有个四岁的小儿子。这个男孩的发型很奇特，像是个古代的钢盔；男孩说发型是哥哥专为他设计的。男孩的哥哥有时候在上海，有时候在欧洲，男孩自己也说不清哥哥这会儿在什么地方。

男孩还不认得字，但他喜欢画画。通常他看到什么，觉得有趣，就会把它画下来。这一天他画了家里的方尖碑造型的钟楼，钟楼顶上有一只大鸟。

男孩的妈妈问他那是什么鸟。

男孩说："是鹳。像仙鹤一样的大鸟。"

男孩告诉妈妈，他第一次看见鹳是在勐仑的热带植物园里，第二次就是今天。妈妈说不可能，南糯山怎么会有鹳？男孩坚持说自己看到了鹳。妈妈还是不信，认为是儿子的想象，是想象生出了幻觉。

幸好爸爸来了，儿子让爸爸做裁判。

爸爸果然没有像妈妈那样开口就否决儿子，爸爸要儿子详详细细地描述看到鹳的情形。

马老师说：“我相信儿子说的是真话。”

妈妈还是将信将疑：“我怎么从来就没见过鹳？一会到网上查一下，看看鹳是不是这里的鸟。”

男孩眼圈红了：“妈妈不信我。我没撒谎！”

马老师说：“鹳即使不是这里的鸟，也可能在这里出现。鹳是候鸟，候鸟完全有可能经过这里。儿子，你能确定你看到的是鹳吗？会不会是鹭鸶？”

男孩怔住了：“我忘了鹭鸶。也许是鹭鸶？鹳和鹭鸶都跟鹤差不多，我有点分不清它们谁是谁了。”

马老师对儿子看到的是什么做了一番调查。寨子里居然有好几个人都看到了那只有着宽大翅膀的白鸟。连续三天，那只鸟在南糯山主沟的上空盘桓、翱翔。白色的大鸟天生就带着祥瑞之气，翼展宽阔的巨翅，给了它无尽的从容和淡定。

寨子里有两个年轻人在看到它的瞬间有了灵感，来得及掏出手机给白色鸟拍照。由于空中的鸟距离太远，即使是高像素的iPhone手机也不能够很清晰地还原鸟的细节。但它长长的腿和长长的喙还是展示得很清楚。来自不同手机的两张照片，先后被传到姑娘寨的群里。男孩的妈妈也收到了。

妈妈诚心诚意地向儿子道歉，说不信儿子的话是自己不对。但是妈妈还忘不了辩解，说自己没怀疑儿子在撒谎，仅仅是不敢相信南糯山会看到鹳或鹭鸶。

马老师又来到别样吾家喝茶，顺便说起了白鸟。他向老人家请教，是每年都会有这样的大鸟在南糯山落脚，还是这是个偶然又偶然的事情？别样吾坦承他从未在山上见过白色的大鸟，他似乎还想说些什么，却又显出了迟疑。马老师看出了老人家的状况。

马老师说："老人家，你一定有什么话要说。"

别样吾说："马老师知道上面寨子里有人走了吗？是个布朗人的阿婆，年纪已经很大了。"

马老师摇头。别样吾忽然意识到自己说多了。但是话已出口，再缄口已经来不及了。

马老师说："你想说什么呢，关于那个老人家？"

别样吾知道，话由他嘴里说出来，他就不可以再把说出的话吞回去。马老师是他敬重的朋友，他当然不能够将已经开始的话题打断。他只能往下说。

别样吾说："是这样，听老辈人说，九十九岁是人的天寿。我活了一辈子，先前没见过谁活到九十九。"

马老师说："可是那位老人家，你说的那个布朗人阿婆，她活到了九十九，是吗？"

别样吾有自己的禁忌，不该说的话即使不得不说，他也一定不说。马老师说马老师的，他说他的。

"活过了九十九，即使他再活多少年，他都已经成了祖先，无论他死了还是活着。"

"你说的这些我也听说了。九十九岁是人的寿数大限，即使过了九十九岁，你也永远只是九十九岁。"

"我们说的是九十九这一年，如果寿数刚好在元宵节这一天，人就成了神仙。"

"等等，老人家。人成了仙是要上天对吧？"

"老辈人是这么说的。"

"也就是说，白色的大鸟是成了仙的老人家？"

"老辈人没说过这个。讲这话的老辈人自己也没见过活到九十九的前辈。"

"我明白了。那些话都是一辈一辈传下来的，谁也不知道哪一辈人亲眼见识过。老人家，你见多识广，不但经历的事情比我们这些晚辈多，见到的和听到的也比我们多得多。若不是听你这一席话，我怎么也不会想到，这只鸟很可能是一个神迹。"

"马老师，我不懂你说的神迹。"

"对不起，这是个书面语，是说上天显灵。"

"这么说就懂了。我也没经历过，这也是第一次。我昨天也见到白鸟了，从没见过那么大的鸟。"

"老人家，你知道那位布朗人阿婆是怎么送走的吗？是按傈尼人的传统，还是布朗人有自己的规矩？"

别样吾摇头："已经三天了，我猜他们也许按自己的规矩吧。他们的规矩我不是很了解。"

"你认得阿婆的家里人吗？"

"认得。这样，马老师，你要过去找他们，一定要一个人去。你告诉他是我让你去找他的。"

马老师说："我听说过那户人家。他们在石头老寨的最上边是吧？我找得到。"

别样吾说："不用到上面去找。你知道茶厂废墟吧？

就在路的下边。他叫贝玛，阿婆是他奶奶。"

"贝玛？贝玛不是傈尼人的巫师吗？你刚才说阿婆是
布朗人，布朗人怎么会是傈尼人的巫师？"

"马老师怎么会知道贝玛是傈尼人的巫师呢？"

"老人家，我是个读书人，刚好在书里读到过。"

"你不要客气，我知道马老师是个无所不知的人。说
实话，我也不知道他爷爷为什么叫他贝玛。"

"他爷爷不会也还活着吧？"

"早死了。那个老家伙是我的老朋友。"

"老人家，不是我恭维你，你才是真正的无所不知。
我这一辈子就没见过比你还渊博的人。"

"我不知道渊博是什么，但我知道你在夸我。"

"说夸太浅了。不是夸，是钦佩，五体投地的钦佩。
你是地地道道的传奇，真正意义的传奇。"

"马老师，你不能再夸我了，你已经折杀我了。"

"老人家，你是说那个地方是老茶厂废墟？"

"就是。老辈人都叫那地方谷神房。我小的时候，谷
神房还在，附近这几个寨子都在那里拜祭谷神。"

"我去找那个贝玛，我等不及了。"

这个马老师说走就走。别样吾的指示已经相当清楚，
他几乎没费丝毫周折就到了贝玛的住所。他首先见到的是
马莉雅。马莉雅一猜就猜中了他是姑娘寨的马老师。这给
了马老师一个措手不及。

废墟这里，马老师不是第一次来。他上一次过来是
自己饭后踱步，他对道路之上的那两个厂区院子发生了兴
趣。看过一个，不得其门而入；又看过另一个，仍然不得

其门而入。

他甚至绕到了右边台地上的那排平房，试图从平房废墟里穿过去，上桥，通过那道桥，进到厂房的二层。但是很可惜，他的愿望还是落空了。因为台地上方的平房尽管已经塌了顶，却仍然大门紧锁。

虽然马老师对于别样吾老人仍然是个晚辈，但他已经年逾花甲，早就没了攀墙上房的身手和勇气。先前他与茶厂废墟的全部缘分仅此而已。

对于他来说，路之下的茶厂废墟部分是百分百的处女地。马老师从未有过涉足其中的机会。

当然了，单纯从闲逛和探奇的角度出发，这里全无价值。现在不同了，这里成了谜一样的地方，因为其中隐藏着一个贝玛（傈尼人巫师），也因为这个贝玛的先人刚刚在光天化日之下显过灵。

关于合树寨的那次热闹非凡的送丧大典，马老师早就听说过。他听说由于警方和政府有关部门的介入，那个轰动一时的事件以中途被叫停而收场。

他还听说那个事件的出资人曾打算将别样吾和贝玛承包，利用他们做赚钱的生意。后续的事情似乎没了下文。马老师原本想在这一天的茶桌上听别样吾聊聊这个话题，被想见贝玛的念头所打断。

马莉雅说："马老师，我叫马莉雅，是贝玛的女人。早听说过您的大名，没想到会这么快见到您。"

"马莉雅？那么我们是本家啦。"

"算是吧。用你们的话说，一笔写不出两个马字。我阿爸叫马西谷。阿爸是我们家里第一辈姓马的。您是来找贝玛吧？"

"贝玛在吗？"

"在，"她提高嗓音，"贝玛，姑娘寨的马老师来了！贝玛！"

贝玛抱着孩子从门里出来。他一时有些懵懂。

贝玛说："谁？"

马老师说："是我，我是姑娘寨的马老师。"

贝玛记得别样吾说起过马老师。

"马老师，请屋里坐。"

马老师没有再客气。他看得出来，贝玛手中的婴儿还很小。当爸爸的抱孩子，当妈妈的在忙家务。很明显，他来得不是时候，所以不能够太耽搁，他于是长话短说：

"贝玛，我是别样吾老人家的好朋友。"

"别样吾爷爷经常提起你。"

"我过来有一句话想问。你奶奶，她过世了？"

"奶奶过世了。"

"我想问，已经把奶奶送走了吗？"

"奶奶走了。她不要我们送，自己走的。"

"自己走的？为什么会这么说？"

"我不知道该怎么说。"

"不想说没关系的，是我太冒昧了。"

"不是，不是我不想说，我不知道该怎么说。"

"你把我说糊涂了。你不是不想说，可你又说不知道该怎么说。发生了什么不寻常的事情吗？"

"也许是吧。我问过别样吾爷爷，我不知道该怎样送奶奶走。别样吾爷爷说奶奶成了仙，不用送的。"

"可是你刚才说，奶奶是自己走的？"

"是自己走的。"

"你是说，你们没送她，她自己就走了？"

"就是这样的。所以我才说不知道该怎么说。"

"奶奶的遗体呢？埋了，还是火化了？"

"都没有。我想，也许是，升天了？"

"你说你奶奶升天了？遗体没人动过就没了？"

"奶奶就躺在自己的房子里。我和我女人，我阿妈守在奶奶身边。天亮之前的那会儿，我们都有点瞌睡。阿妈忽然说：'你奶奶呢？'我和我女人这才发现奶奶的床空了，奶奶不见了。"

贝玛的阿妈进来了："来客人了？"

"阿妈，这是姑娘寨的马老师，是别样吾爷爷的好朋友，也是别样吾爷爷很佩服的人。"

阿妈说："马老师坐，您别客气。"

马老师说："刚才贝玛说到，你们为老奶奶守灵，你忽然发现老奶奶不见了？"

阿妈说："我好像打了个盹，阿妈就不见了。"

马莉雅说："阿妈一说，我才看到床上空了，奶奶忽然就消失了。"

贝玛说："我这才体会到别样吾爷爷的话，他说奶奶不要人送她。奶奶是自己走的，她不要人送。"

马老师说："这几天寨子里好几个人都看到一只白色大鸟，你们有谁看见过吗？"

三个人不约而同地摇头。

马老师很明白，他们三个人都没看到白鸟，也就意味着它不打算在他们眼前现身。再问他们也是枉然。既然如此，他再耽搁也就没什么意义了。

马老师告辞。又邀请他们一家人去他家里喝茶。

在回家的路上，马老师很希望自己能有幸见到那只存在于目击者口中的白色大鸟。马老师经常运气不错，但他的幸运不在这一次，他的希望落空了。

他已经听过关于别样吾长长的一生的许许多多的奇异故事，也见识过与别样吾很不一样的其他族群的祭司，见识过牧师、修道士和神父。在他眼里，所有这些职业都是另一种意义上的看门人。他们看守上天的大门，看守冥界的大门，他们都是虔敬的看门人。

今天他又见过了贝玛。而在此之前他见过北方跳大神的神婆，见过海南岛本地居民中作法的神棍，见过大凉山集巫师与祭司于一身的彝人大毕摩，见过台湾岛高山部落的鬼魅使者。他们令他惊异，他们个个功夫了得，可以轻而易举地穿越到冥界，他们让他联想到《人鬼情未了》中的那个令所有男人惊羡的主人公。

在此之前，他还有幸面晤了神奇的说唱《格萨尔王传》的扎巴老人；见识了西藏的有着无限美好寓意的天葬，当那些兀鹫衔着被天葬师分割的尸块冲上天穹的那一刻，他的心也飞腾到九霄之上。

不能不说他今天的运气差了点。倘若他在离开废墟的那一刻，举头便望见了如皓月一般的白鸟，马老师会心怀挚诚地感谢上苍。谁都希冀好运气，谁都渴望受到上天的垂青，谁都想与幸运不期而遇。

但是谁又能凡事都一帆风顺？谁又能次次都心想事

成？谁又能揽尽天下所有的幸运？

谁？谁呢？

2015年12月1日于南糯山姑娘寨